Yves Hajos

Une vie à Nice

À Robert Nicholls,
Le frère de mon grand ami Martin.
Il aimait tant la vie et le Vieux Nice.

Ma gratitude envers ma chère et tendre épouse Denise, l'excellente professeure de Mathématiques, pour sa patience infinie et son aide utile quant à la réalisation de ce livre.

Mes sincères remerciements à Mary Marc pour sa jolie photo du Vieux Nice en première page de couverture. Puisse-t-elle s'épanouir et s'éclater dans l'Immobilier comme Christian Gave.

Même si le récit est inventé, je me suis efforcé de respecter les lieux et les périodes, grâce à l'aide de : *J'ai Nice dans la peau* ! et *Tu sais que je viens de Nice quand...* Toute ma vive reconnaissance ainsi que pour le dynamique groupe *Quinquagenius* et + à qui j'ai emprunté quelques idées originales, voire coquines.

Votre œil vif et critique remarquera sept ou huit anachronismes. C'est voulu ; cependant ça n'altère point la compréhension du récit. Il le rend, parfois, encore plus croustillant.

Du même auteur

Chroniques d'une décomposition française. BoD Février 2018

Prologue

Vladimir, recherché par la Police russe en furie, quitte précipitamment le village saccagé. Depuis la nuit des temps, les habitants du shetl, craintifs et soumis, se courbent avec docilité à chaque descente tragique des Cosaques du Tsar.

Sauf ce jour cruel. Ce maudit jour ensanglanté. Il s'en souviendra jusqu'à son dernier souffle.

Vladimir revient tranquillement des champs. Soudain, il capte un immense cri de détresse. La voix caverneuse du père. Il court à grandes enjambées. Il distingue des corps étendus gémissants, des habits déchirés à peine ôtés. Il accélère le mouvement afin de secourir son père encerclé par une dizaine de sauvages avinés, déchainés. Le gigantesque Salomon se venge avec une colère décuplée incroyable au point de broyer mortellement, à mains nues, six déchets de la terre.

Hélas, le fils, arrivé trop tardivement, ne peut empêcher les cinq autres meurtriers d'enfoncer plusieurs fois leur épée dans le dos herculéen du père hurlant sa rancœur et sa douleur. Un homme bon qui donnait sans compter. Ivres, les monstres ont violé avec une sauvagerie effroyabe sa mère adorée et vénérée, sa douce femme enceinte et ses trois jeunes sœurs, toutes agonisantes avant de rendre leur dernier soupir. Fou de rage, le titan Vladimir fracasse la tête des quatre ordures et du vil dénonciateur qui a signalé leur absence.

L'ultime assassin parvient à s'enfuir de justesse.

Le gredin alerte la troupe prête à venger les siens.

Sur le point d'être capturé, Vladimir bifurque trop à l'Ouest. Chancelant, épuisé, chaussé de bottes d'officier en piteux état et de vêtements en haillons, il pénètre, avec crainte, dans l'accueillante mairie de Nice, hors d'haleine, l'air harassé.

- Votre nom ?

- Gavégagourouzyviski.

- Gavégaga…quoi ? répète l'employé perplexe.

- Gavégagourouzyviski.

« Tête d'abruti ! » maugrée le chétif fonctionnaire grincheux, médusé et stupéfait en le dévisageant longuement de haut en bas et en le scrutant méticuleusement de la droite vers la gauche, tant l'étranger envahit l'espace du bureau.

- Vous l'entendez ! L'énorme mammifère. Avec son accent guttural ! ajoute derechef le collègue Corse mal luné, hilare.

Le mastodonte analyse vite. Dans la ville paradisiaque, touchée par la mansuétude, la grâce et la volupté, il troque volontiers les représailles des crimes irrémissibles pour une force de sagesse.

- Vladimir Gave ! réplique illico le futé colosse.

Vladimir Gave se fond très vite dans le beau et parfumé paysage Niçois. Il s'extasie chaque fois qu'il contemple le ciel bleu magique de Nice.

Un bleu rare.

Il s'unit avec une descendante directe de Catherine de Segura, formant le couple le plus atypique du comté. Marie et son gros cul au pet aussi retentissant que celui de la légendaire Catherine, qu'on entendait jusqu'à la Colline du Château. Lui, le bon géant charmeur au crâne recouvert d'une abondante tignasse rousse bouclée, au-dessus d'une tête incroyable aux yeux globuleux.

Son fils Jean, reproduction fidèle du père, devient presqu'un très bon Français en 14-18, malgré les longues et exterminatrices périodes de souffrance et de misère, toutes ces années douloureuses passées dans des tranchées sordides, crasseuses et irrespirables, encombrées de cadavres en décomposition. Son corps haché, blessé maintes fois, sort indemne du maudit cauchemar.

Le poilu hirsute ne meurt pas bêtement au champ d'honneur pour la noble Patrie.

Maurice son petit-fils, copier-coller de ses glorieux ancêtres, sauve l'honneur de la France dès l'ouverture du conflit en 1940. Durant les quatre années meurtrières, de tourments et de privation, le révolté indigné déjoue astucieusement les pièges crapuleux de la sinistre Milice du répugnant fasciste Niçois Joseph Darnand, quelquefois, avec la complicité bienveillante de l'Évêque, Monseigneur Paul Rémond, patriote colérique et ami fidèle de son père Jean le mécréant.

Des Juifs, certains avec un accent aussi caractéristique que celui de Vladimir, ignorent le nom de leur sauveur. En ce jour sombre, une ombre géante salvatrice leur a permis d'échapper à une nuit noire définitive, un voyage sans retour. Un ovni.

Maurice, aussi discret qu'un notaire, aime faire ses coups en douce. Même retrousser les jupons des épouses des notables ou des ouvriers. Il adore toutes les femmes.

Quinze ans plus tard, le collectionneur séducteur célibataire endurci découvre, en une fraction de seconde, l'amour éternel de sa vie au réputé dancing de la Pignata de son cher pote Roger Notari, un autre joyeux fêtard. Claudette, une beauté rare, farouche et fière, un clone de Marie au pet aussi sonore que celui de la légendaire Catherine.

Les deux tourtereaux passionnés s'adonnent frénétiquement aux intenses plaisirs des nuits torrides et enfiévrées.

L'année suivante, un premier mai à graver dans les annales, Christian, un magnifique bébégenius aux proportions exceptionnelles, avec un immense nez à l'odorat aiguisé prometteur et des oreilles gigantesques à l'ouïe fine, sourit aux parents, à Marcelle et Jean les grand-parents et à grand pépé Vladimir en larmes.

Quelques mois auparavant, ce dernier avait eu la douleur de perdre Marie, le second grand amour de sa vie. « La pauvre ! Elle n'a pas eu la chance de le connaître. » Gémit-il d'une voix rocailleuse dans un langage incompréhensible.

La famille, attendrie, se congratule pendant que l'ange, très précoce, porte un regard vif et enjôleur envers les attentionnées infirmières, émerveillées devant la séduisante créature hors normes.

Naturellement, une toison abondante d'un roux flamboyant inimitable, semblable à celle du regretté Salomon, de Vladimir, de Jean et, bien entendu, de son père Maurice, perpétue l'emblématique marque de fabrique de la réputée famille.

Christian Gave, à 65 ans sonnés et 41 années d'activité professionnelle déroutante, aborde gaillardement la retraite, l'ultime job à durée définitivement déterminée d'une manière indéterminée.

Une activité supposée être sans accroc.

12

1

Incrédule, Christian découvre le montant exact de sa retraite. Il détaille le relevé en observant la tête disgracieuse de l'employé revêche du RSI.

- Vous ne vous êtes pas trompé ? Émet-il d'une voix étonnée.

- Certains perçoivent bien moins. Voulez-vous conserver plus de sous à la fin du mois ? Facile ! Devenez vegan.

- Vegan ! Grignoter des herbes et des planctons.

KO d'entrée, l'insignifiant serviteur modèle du calcul réducteur des retraites n'est pas au bout de ses peines.

- Petit déjà, après l'assiette copieuse de charcuterie, je me tapais allègrement avec mes fantastiques parents une juteuse côte de bœuf géante à la Ferme Saint-Michel. Grand maintenant, toujours avec le même appétit d'ogre, je dévore chez l'inénarrable Thierry, le génial créateur du Bootgrill :
NO BEEF NO BEER NO LIFE

Irrité d'être contredit, l'homme des chiffres lui fait la morale.

- Vous cotisiez davantage, vous touchiez plus.

Mal à l'aise sur une chaise volontairement inconfortable afin d'écourter au maximum le temps des récriminations, Christian, le nouvel adhérent au club privé de la dernière tranche de l'existence doré, suggère malicieusement.

- Ah bon ! Je déclare le triple, voire le quintuple pour plus de quarante ans d'un labeur acharné…

- Vous auriez dû ! Coupe l'employé modèle.

- Ainsi ! Au final, je perçois une coquette pension bien rondelette équivalente à celle de mon Député. Avec vingt ans de mandat.

- Non ! Loin de là ! Monsieur Gave.

Le gratte-papier insiste avec un ton provoquant.

- Nous ! Nous plafonnons !

Imbu de lui-même, il plastronne.

- Dans votre cas ? 10% de plus. C'est déjà beaucoup que nous lâchons ! Avec un regard ironique.

Le sosie d'un journaliste économique connu d'une chaîne de télévision, péremptoire, lui délivre un cours d'économie.

- Nous optimisons la gestion de l'organisme. « La mienne ! Crâne d'œuf. Tu crois que je n'y ai pas songé ? » Murmure Christian.

- Pourquoi tant révéler ? Dans ce cas.

Il ébranle les certitudes de Monsieur RSI.

- Pour contribuer à la rémunération et aux frais de bouche de mon Cher Député ? La charité bien ordonnée envers sa famille, tous attachés parlementaires. Mon Très Cher Député, tellement prévenant et si disponible pour mon bien être à chaque approche d'une échéance électorale. Alors que moi, dans ma récente noble profession d'agent immobilier, la dévotion c'était quotidiennement. Même les jours fériés ou à la messe des morts.

Exaspéré de ne pas avoir le dernier mot, le gestionnaire des retraites, pressé d'en finir, le congédie avec brusquerie.
- Sachez-vous occuper pendant la retraite.

Le petit roquet prétentieux se lève nerveusement en lui signifiant sèchement de se retirer. L'arrogant persiste lourdement. Il lui tend cinq minuscules doigts rachitiques tandis que l'autre main squelettique impatiente lui indique avec dédain la sortie en levant son bras si haut qu'il se froisse l'épaule.
Alors ?
Le péché mortel. La faute lourde à éviter lorsqu'un impoli inculte déconsidère le chatouilleux Gave. L'inactif le toise de haut. De très haut. Il fronce les sourcils. Il inspire bruyamment profondément. La robuste constitution avance lentement une main phénoménale aussi large qu'un battoir à linge. La poigne vaillante du retraité fraîchement moulu saisit volontiers la maigre patte osseuse d'un

blanc cadavérique. Elle la caresse avec tendresse et la malaxe avec une bonne dose de souplesse. Elle la réchauffe longuement en prenant, à nouveau, une profonde inspiration, et l'appuie progressivement en fixant les deux yeux sans vie qui commencent à s'humidifier. Le visage anguleux du subalterne au regard pétrifié se déforme. Christian, les sens en alerte, sent et entend les os s'entrechoquer. Immédiatement, il relâche la forte pression tout en la conservant dans sa grosse paluche. Le doux Christian n'est pas une sorte de brute bornée sans cœur. Juste un peu taquin.

Satisfait de sa trouvaille osée, Christian poursuit ses explications.

- Depuis mon entrée fracassante en seconde au Lycée du Parc Impérial, j'applique fidèlement la première recommandation de mon père.

Il le laisse cogiter en grimaçant de souffrance.

- Un avertissement transmis par Vladimir, mon héroïque arrière grand-père.

« Banni l'humiliation ! Exige le respect ! »

En larmes, contraint et forcé, l'employé subit le sermon de Christian.

- Retenez-le ! Je ne déroge jamais à cette règle.

Il lève légèrement sa main pour obliger l'autre à continuer à l'écouter sur la pointe des pieds. Il lui manque juste un tutu pour interpréter une parodie de la danse du Lac des Cygnes.

- Je garde ma dignité et mes deux pieds actifs.

Content de sa blague, il achève sa plaidoirie.
- Hier encore, mon cerveau foissonnait d'une tonne d'idées originales. Je ne m'arrête pas. Je continue à tracer mon chemin. J'assisterai les retraités résignés dans la dernière tranche de leur existence vide. Ceux, mis au rancart, qui estiment que la vie est plus un supplice qu'un délice en raison de leur maigre pension. Je les aiderai.

L'employé vient de gagner deux centimètres. Au moins, il ne mentira plus sur sa taille.

Christian retire finalement sa main et s'apprête à quitter le bureau. Soudain, il fait volte-face. Il vient de remarquer une petite poigne pleine de vitalité. Elle a pris de belles couleurs.
Le monumental retraité actif le conseille à son tour d'un ton moqueur.
- Vous jouez au golf ? Souple ! La main droite.

Christian imite à la perfection le swing aérien de Ludec, son dynamique professeur de golf du très convivial Golf Country Club de Nice. Un efficace et grand moniteur jovial tant par sa taille que par la transmission de son savoir.

2

Attablé à la terrasse d'un café proche du RSI, dans le quartier d'affaires avant-gardiste de Nice, l'Arénas, aussi froid et impersonnel que celui de Paris-La Défense, ouvert aux quatre vents, des souvenirs pénibles lui reviennent à l'esprit.

« Élève nul ! Divinement archi nul ! » La plupart des profs manquent d'imagination.

« Aucun espoir dans un travail manuel. Encore moins dans une profession intellectuelle. » Narcisse Lepeintre, le prof de dessin, s'imagine plus créatif.

Le prof d'anglais copie sur le prof de dessin. Le professeur d'espagnol s'empresse de l'imiter.

Dubar, son dynamique professeur de gym, déçu de ne pouvoir mettre en évidence un potentiel physique hors normes fut le seul à le soutenir.

« Il peut envisager une carrière de comédien. Le cancre Michel Galabru y est bien parvenu. »

Christian, la mousse de la bière blonde autour de sa bouche tremblante, tressaille en se remémorant la sentence la plus humiliante.

Son cœur cogne. Son estomac tangue.

Apostrophé sèchement par la méchante Madame Simone Crochet, l'aigrie et rabougrie professeure de Français du Collège Alphonse Daudet, devant tous les élèves médusés de sa clase de troisième, trois mots résonnent atrocement à ses oreilles.

« Gave ! Une page blanche est plus intelligente que les gribouillis de l'*E.S.L.* » Avec le regard imbu de soi-même et un ton sarcastique.

L'*Élève à Succès Limité*, moqué et stigmatisé, aurait-il réussi à franchir l'imposant portail du Lycée du Parc Impérial de Nice s'il n'avait pas effectué le stage de découverte du travail pendant une semaine chez Dominique, le ténor de la profession.

Une bonne relation professionnelle de son père, grâce à l'entregent du Crédit Agricole.

3

Le soir même, Christian annonce fièrement à ses parents sa future profession. « Moi ! Je serai Agent Immobilier ! » Le père est dubitatif tandis que la mère pleure de joie.

- Maman ! Je possèderai un gros Mont Blanc.

- Un quoi ! Questionnent les parents.

- Le gros stylo à plume qui soulage la crampe de l'écrivain. Le *chef d'œuvre* d'après Charles Creutz.

- Tu connais Charles Creutz ?

- J'tais avec Dominique dans sa boutique, en imitant gauchement la posture académique de Dominique. Ensuite Dominique, le timbre suave, salue quelques passants en glissant un compliment par-ci, par-là. Puis il discute longuement avec son amie Martine Tolédano, la jolie femme blonde qui se teint les cheveux. Dominique me l'a dit. Celle qui n'a pas sa langue dans sa poche et qui vend des robes de mariées sublimes. Martine a le bel accent chantant du soleil. Un soleil qui vient de « là-bas ». Plus loin que l'île de Dominique.

Les parents sont ébahis. Leur fils, les yeux ravis, alignent les mots d'affilé sans grogner.

Un miracle !

Christian respire intensément. Heureusement, sa chemise fantaisie n'est pas boutonnée jusqu'au col.

Sa première journée fut vraiment un stage positif de découverte de la vie active.

Une aventure et une révélation extraordinaires.

- Le saviez-vous ! Dans notre métier, la discussion avec les commerçants, les poumons de la ville, c'est primordial. Ils savent des tas de choses. Par exemple, qui veut acheter ou vendre, et qui divorce.

- Pourquoi le divorce ? Interroge la mère.

- Moi aussi ! J'n'ai pas compris.

Christian avale sa tarte aux pommes, descend son jus d'orange avant de poursuivre.

- Dominique, en remuant joyeusement sa grosse tirelire en forme de cochon corse, m'a tout expliqué avec une patience infinie.

Christian récite bien le discours du maître.

- Le divorce ! C'est analogue à la multiplication des petits pains ou au principe des vases communiquants. Vous savez ce que signifient *Les Vases communiquants* ? Je n'ai pas osé demander à mon grand ami Dominique.

Les parents baissent la tête. Ils restent muets.

- Nous leurs donnons pour chacun d'entre eux un nouveau logement. Ils ne chipotent plus, ils sont moins exigeants. En raison d'un budget plus serré, ils acceptent sans rechigner des zones légèrement moins enrichies culturellement.

Christian, avec un air solennel, détaille une autre mission essentielle de l'Agent Immobilier.
- On les met en garde de ne pas envenimer la séparation. Mieux vaut investir dans l'achat raisonnable d'un deux pièces exigus chacun, plutôt que de remplir les poches profondes des avocats gloutons complices, faites sur mesure chez le talentueux couturier Louis Purple, un bon ami de Dominique.
- Vous êtes des bienfaiteurs.
- Oui ! Nous œuvrons dans leur intérêt.
- Pas dans le vôtre ?
- Papa ! Dit d'un ton vexé. Il est désintéressé.

Maurice se retient.

Claudette, en extase, ne le contredit pas non plus.
- Attendez ! Je n'ai pas terminé. En tendant une assiette vide.

Le couple regarde leur fils avec admiration.
- De retour au bureau, à peine assis et remis de notre première heure de labeur intense, deux aimables personnes âgées se présentent à l'Agence. Elles lui intiment de venir estimer leur grande bâtisse située à la Corniche Fleurie qui commence à être bétonnée, puis de la vendre.

- Dominique le généreux leurs rend un service. La vente de leur maison conclue, il se plie en quatre pour leurs trouver un joyau en centre-ville.

- Incroyable ! Ce job. S'exclament les parents. Ça semble tellement facile et ça rapporte plus régulièrement qu'au Loto.

- Le jackpot ! Parfois ! m'a dit Dominique.

Les parents ont hâte d'entendre la suite. Le fils prend un malin plaisir à prolonger le silence. Il a compris la psychologie de la vente. Créer le désir.

- Le mois dernier il a vendu une maison à Elton John sur le Mont Boron. Ses honoraires représentent plus de quatre ans du salaire de son cousin, prof de maths à Masséna.

Maurice avale sa bière de travers.

Christian, deux yeux étoilés, est euphorique.

- Nous devons, à l'instar des Avocats dévoués, mettre tous les moyens en action. Toutefois, notre rigoureux code de l'honneur est nettement plus strict. Nous ! Nous avons l'obligation du résultat. Sinon, nous ne percevons pas notre commission.

Christian résume le travail de Dominique.

Plutôt la *fonction* d'un facilitateur en Transactions Immobilières. *Travail* ! Trop destructeur.

- Tu ne te lèves jamais tôt mécaniquement. Nous ne sommes pas des robots programmés. Pour autant, nous ne sommes pas des gros fainéants. Nous planifions la journée. Dehors ! Tu ne te précipites jamais sans réfléchir. Tu renifles l'air du temps et tu quadrilles le quartier selon un plan bien défini.

- En fait ! Vous vous balladez.

- Pas du tout ! La simple et inutile promenade ! Nous la laissons aux syndicalistes. Nous ! Les pros, en fin tacticien, nous analysons avec minutie la conjoncture économique, à l'instar des boursiers, pour évaluer le vrai prix du bien. C'est compliqué de fixer un juste prix à Nice, m'a dit Dominique. Un prix correct pour les Niçois, un prix salé pour les Parisiens ou bien un prix spécial pour les Anglais. Eux ! Ils ont une monnaie forte. Et les Promoteurs ! Ils ont finalement permis aux cultivateurs de fleurs de cesser à s'échiner et de s'abîmer le dos.

Les parents n'en reviennent pas. En une journée de stage, leur fils en sait beaucoup plus qu'eux.

- Tu jauges les bâtiments en esthète, respectueux du patrimoine. Ils ont souvent une histoire. Tu t'arrêtes au café. « Maman ! J'ai juste bu un grand verre de diabolo menthe. »

Il avale son jus d'orange d'un trait.

- Le café ! Une vraie source d'informations. Tu écoutes. Tu observes. Comme Vidocq ! A dit Dominique. Sauf que lui, s'il poursuit les voleurs, nous, c'est pour croiser un client potentiel, un informateur ou rentrer les produits.

- Les produits ?

- Un studio, un logement plus spacieux, une maison. La clientèle est vaste et diverse. Les acheteurs ont des besoins et des budgets différents. Un agent immobilier doit traiter équitablement, de la même manière, n'importe quel client, pauvre ou riche, comme un acheteur privilégié, et ne pas négliger les habitants résidants à proximité de sa boutique. Une vitrine aussi bien achalandée et attractive que celle d'Albert Narboni, l'épicerie fine en fruits et légumes de notre gentil voisin bavard, est la première accroche publicitaire. Nous devons penser, d'abord, à l'intérêt du consommateur.

Christian a bien retenu la leçon de Dominique.

- Un musicien talentueux répète les gammes quotidiennement. Nous ! Nous gambadons souvent avec la devise suivante que nous ne devons jamais déroger : *Qualité - Service – Disponibilité.*

Il reprend une part de tarte aux pommes.

- Tu arpentes les rues en les scrutant. Tu avances en regardant le beau ciel. Tu te rends compte que le ciel bleu à Nice est unique, différent des autres ciels fades de France et du monde. Il faut bien le marteler dans la tête des acheteurs. Un bleu si particulier qu'il permet d'avoir les appartements les plus ensoleillés de France jusqu'à la cave. La preuve ! Maria, la serviable gardienne Portugaise du 40 rue de la Buffa, faisait sécher le linge des Dahan dans leur grande cave. Plus les clients lèvent la tête, plus ils sont envoûtés par le bien qu'ils visitent.

- Ils n'objectent jamais ?

- Quelquefois. Dans ce cas ? S'ils perçoivent des malfaçons ou des défauts, à papa, le roi de la rénovation, de rectifier ! Dominique me l'a dit.

Christian pavoise.

- Un très bon Agent Immobilier se doit, comme Jacques Médecin, de considérer chaque personne comme une personne exclusive.

- Notre maire ?

- Maman ! Tu connais un autre Jacques Médecin ? Notre maire bien aimé. Pardi ! J'ai soif !

Le verre liquidé, Christian, dans un état second, continue à dérouler.

- Quand Jacques – un bon ami de Dominique - se rend au marché de la Libération ou dans un autre lieu public bondé, le malin maire ne sort jamais de sa bouche, machinalement, d'un ton pressé :

« Bonjour Madame ! Encore moins, Bonjour ! »

- Ah bon ! Il dit quoi ! Alors.

- Il prend son temps. Il ajuste sa cravate. Il cligne un œil amical aux personnes qui l'ont reconnu et, avec un chaud regard charmeur, il se précipite avec distinction en se tenant bien droit vers la femme volubile entrain de papoter avec plusieurs ménagères agglutinées devant l'étal.

« Bonjour ! Chère Madame Lætitia Paoli. »

Deux bras accueillants pointés dans sa direction, la voix forte et chaleureuse, avec un sourire surplombé de sa moustache frétillante.

- Ah ! Le finaud.

- Madame Paoli est émue. « Chère ! » Ça fait depuis longtemps que son mari ne prononce plus ce mot affectueux. Elle est fière. « Il m'a reconnue. »

Très fière. « Il sait même mon prénom ! » Elle se souviendra de Jacques Médecin toute sa vie. En homme prévenant, sa belle main ferme aux ongles propres a effleuré avec délicatesse son épaule. Comme les apôtres, elle répand la bonne parole à sa famille, à ses voisins, aux mères qui vont chercher leurs loupiots à l'école. Encore une que notre respectable Jacques Médecin s'est mis dans la poche.

- Notre maire est rusé ! Siffle Maurice.

- Dominique aussi.

- Comment ! Avec de grands yeux curieux.

- Les Alberti, les gentils retraités désireux de vendre leur propriété au plus vite et dans les meilleures conditions, - donc, pour un Promoteur -, ils les avaient rencontrés la première fois chez Alain, le sympathique spécialiste du magasin La Route du Thé de la rue de Rivoli. Un an plus tard, il les retrouve chez Cane, entrain de savouver une vraie spécialité Niçoise. Il les avait bien mémorisés. Il personnalise. « *Bonjour Chère Madame Mirose Alberti. Comment va la jambe gauche de votre Cher Monsieur Louis Alberti* ? » Six mois plus tard, ils s'adressent naturellement à Dominique. L'ami qui leurs veut du *bien*.

Une réflexion lui revient à l'esprit.

- Les Alberti ont pensé à Dominique parce qu'il est convivial et qu'il inspire la confiance. Comme toi ! Mon cher papa. Dominique m'a dit qu'il peut toujours compter sur toi lorsqu'il te recommande.

Claudette, joyeuse, contemple ses deux hommes d'exception crânement.

Christian pense leurs avoir bien récapitulé sa folle première journée. Claudette et Maurice sont renversés. Le torse bombé, il conclut, en imitant le grand Charles à la télé, les bras en l'air.

- N'est-ce pas le plus beau métier ? Maman !
- Exercé avec le sourire séducteur. Papa !

Le père, l'air polisson, se remémore une remarque ingénue d'une de ses ex-conquêtes.

« Ton sourire devient ravageur au niveau de ton pantalon. Maurice ! Tu devrais faire la pub pour *Éminence* ? Le slip qui fait des miracles. »

Étonnant !

Lui, qui a toujours rechigné à faire ses devoirs, il prend un réel plaisir à remplir avec application le document "Semaine de découverte du travail."

Méthodique et concentré, il débute avec les mots prononcés avec solennité par Dominique.

Agent Immobilier !

Une vocation chevillée au corps.

Époustouflée, Claudette corrige la copie truffée de plus d'une centaine de fautes d'orthographe.

Elle nage dans le bonheur.

- Si j'obtiens le BAC, Dominique me conseille d'effectuer un stage formateur d'accompagnateur excursions en Corse au Club Med. Il a refusé de me donner une explication. Il est demeuré silencieux.

Les parents s'inquiètent. Agent Immobilier !
Faudrait-il qu'il puisse passer en seconde.

Il a déjà redoublé le C.P., la sixième et la quatrième. Ce n'est pas une mince affaire.

Ensuite, qu'il décroche le BAC. S'il continue sur sa lancée, l'aura-t-il à 24 ans ?

Autant escalader la cime du Gélas en hiver sans pioche et sans gants par moins 10 degrés.

Quant à la Licence en Droit ! A-t-on déjà gravi le Mont Éverest en short et en tee-shirt ?

Car si un écrivain attrape une crampe à force d'écrire, le fiston l'a chopé dès son premier jour au cours préparatoire. Plus les années passent, plus la crampe empire au point d'ankyloser la main droite.

Sa mère est sceptique. Son père suggère une idée originale. Représentant exclusif d'une marque réputée en lingerie féminine. Claudette, avec deux yeux tueurs, explose de rage.

- Jamais !
- Pourquoi ? Maman.

Elle rougit. Elle botte en touche. Très loin.

- Obtiens ta licence en Droit. Je t'le dirai.
- Moi ! Je t'offre une 2CV d'occasion.

Christian est bouche-bée.

- C'est vrai ? Papa ! Si j'ai ma licence.
- Promis ! Passe d'abord ton BAC.

4

Maurice, une larme de bonheur à l'œil, se souvient dans les moindres détails de l'inoubliable nuit câline après la rencontre féérique avec Claudette à la Pignata. À peine croisés, ils comprirent. Lorsqu'il l'invita à danser, deux yeux de braise le scrutaient et le sondaient. Elle avait immédiatement décelé chez cette force de la nature une soif de vivre, le respect et le bien être envers son prochain. Radieuse, le beau visage épanoui, avec un sourire complice, elle se leva sans se faire prier. « Mon homme ! » Elle le devina de suite. C'était son destin. Lui aussi avait eu la même sensation. Un beau et sublime parcours, parfois sinueux, parfois tumultueux, qu'ils graviront ensemble en abattant les obstacles.

La valse amoureuse achevée, Claudette, avec un regard limpide et une voix chaude et déterminée, prononce distinctement : « *Chéri* ! » Ce mot aussi pur qu'un diamant ou que l'eau claire jaillissant de la légendaire fontaine de Gairaut.

Claudette sera la seule à avoir le droit d'émettre : « *Chéri* ! » Ce son précieux vibrera en lui encore plus fort que celui de l'orgue de l'attirante cathédrale de Sainte Réparate, jusqu'à la fin de sa vie.

À l'aube, les deux tourtereaux, allongés lascivement sur le beau terrain plat en fleurs de Bucci le grincheux, le père de son copain Alain, admirent le Cap d'Antibes. Le cap des milliardaires. Claudette roucoule et caresse avec une tendresse infinie l'ours doux, quand sa main balladeuse découvre, avec effroi, un profond trou dans son dos. Maurice, embarrassé, se lâche carrément. Il lui dévoile, les yeux tristes, une des pages sombres de l'histoire de Nice qu'il n'avait jamais ébruité jusqu'à cet instant. Avec un regard franc, elle jure de ne jamais la colporter. Il la croit fort volontiers. Il en est certain. Si un jour le secret est révélé, ce ne sera pas de sa faute. Claudette est constituée du même granit indestructible que celui du séducteur invétéré.

Après le surprenant sauvetage abracadabradandesque à l'hôtel Excelsior en févier 1944, il réussit à détaler en zigzaguant. Malheureusement, il ne peut éviter la balle capable de tuer un rhinocéros. Son ami médecin et vaillant résistant François Battisti, aux prix de nombreuses ruses, parvient à l'infiltrer à l'hôpital Saint-Roch.

En extrayant la balle, il connait, l'œil chagrin, la provenance de la maudite chevrotine calibre 20.

Son jeune frère, à peine 15 ans, avait emprunté le fusil de chasse du père dès 1941. Adrien, le neuvième de la fratrie, laissé seul depuis la disparition de leur chère mère en 1936, suite à une longue maladie, fréquente de mauvais lascars peu recommandables. Il ne voit plus ses anciens camarades, même son bon ami Léon. François, trop affairé à l'hôpital, en charge de surcroît d'une sœur paralytique, n'a pas eu le temps de le surveiller et de le cadrer. Le jeunot est si fougueux et indépendant. Immature.

La guerre a empiré les choses. Elle le fait basculer dans le camp maudit des collabos.

Ce soir-là, les vauriens fascistes le forcent à se rendre complice d'un acte monstrueux. En apprenant leur projet honteux et ignoble, le regard effaré, il réalise, enfin, l'ignominie. Il s'oppose avec véhémence. Il refuse de les suivre.

Trop tard pour s'enfuir. Il est pris au piège. De peur d'être dénoncés aux valeureux maquisards, ils l'embarquent d'autorité avec eux. Ils prennent, au passage, son fusil et l'obligent à boire afin de lui donner plus de courage.

« C'est un gars de Darnand qui presse le doigt de mon frère, en larmes, sur la gachette. » Avoue tristement François.

Le lendemain, les résistants, dopés par ce sacré coup de génie mis au service du redressement de l'honneur de la France avec un désintéressement total, retrouvent tous les fumiers et les abattent.

Une justice expéditive.

- François me supplie de ne pas châtier. Jamais ! Ça ne me serait venu à l'idée. Le gamin désemparé ne participait pas aux rafles sordides de la Milice. C'est ce soir-là, contraint de se rendre dans l'avenue Durante, et forcé à ingurgiter un alcool frelaté, qu'il vit Léon, son cher copain de maternel perdu de vue depuis le décès de sa mère pour la première fois.

Révulsé, il est scandalisé en dévisageant les yeux terrifiés de Léon qui l'a reconnu lui aussi. Deux yeux suppliants et résignés en même temps. Léon et d'autres personnes se dirigeaient tristement d'un pas défait, sans le moindre espoir de retour, vers la gare. Immédiatement, Adrien, les yeux écarquillés d'horreur, prit conscience de la gravité des faits, de cette bassesse et voulut, avec ses faibles moyens, le secourir. Je pense qu'Adrien a été assez puni. J'avais tout bien entendu et bien visionné avant de mettre mon plan périlleux et intrépide en action. Il est innocent. D'après François, son jeune frère est doué. Il réussira plus tard. Il a ajouté :

- Toi ! Tu as secouru Édith, ton ancienne amie. Outré par cette injustice, Adrien essayait de faire de même pour son camarade Léon. Grâce à toi, il a réagi. Il deviendra un homme. Cette nuit-là, tu lui as épargné la vie.

Claudette, touchée par l'histoire, écoute la fin du récit, une larme à l'œil.

- François avait rajouté :

- Qui sait ! Un jour, il pourrait t'aider. Je lui ai fais jurer. Chez nous, c'est une question d'honneur.

5

En 1973, Christian, méfiant et inquiet, débarque dans le splendide lycée du Parc Impérial.

Autrefois, un bel hôtel de prestige agrémenté de jardins exotiques avant de devenir un haut lieu du savoir et de la réussite. La présence animée de la famille impériale russe dans le vaste domaine à partir de la fin du 19 ème siècle ajoute une marque de noblesse et d'exclusivité à l'établissement.

Sa carrure imposante et ses cheveux coiffés à la diable, qu'il ne cherche plus à apprivoiser, impressionnent. Les filles se bousculent discrètement pour le déshabiller du regard avec curiosité.

Trois gars, du même âge que Christian, se détachent du préau plein à craquer et s'agrègent auprès du grand rouquin pittoresque, stoïque.

David, le fils rondouillard d'un commerçant pied-noir hâbleur de la rue de la Liberté et d'une jolie mère possessive, conseillère matrimoniale. Tous les samedis, à la synagogue de la rue Gustave Deloye, elle jure : « Mon fils sera un grand *médécin* à Nice. »

Jacques, un Alain Delon en puissance, le fils adulé du célèbre architecte Rimoti. Le brillant créateur est sûr que son rejeton lui succèdera.

L'indolent Patrick, un long fil de fer bien recourbé au sommet, presqu'aussi haut que Christian quand la tige molle se redresse. Il est supposé rejoindre l'étude notariale de son très austère père, contrairement à ses collègues aussi arrangeants et conciliants que les routiers sympas sur RTL.

La bande à Gave restera toujours inséparable. Les quatre sont enfant unique mais leur amitié permet d'imaginer qu'ils ont trois frères.

Une amitié qu'ils sauront cultiver et entretenir.

Christian, depuis l'école communale, est imperméable à la lecture – il n'ose pas ouvrir la bouche -, à la dictée, au dessin, aux maths, aux langues étrangères ou aux matières à réflexion. En revanche, son QI sur la nature humaine affole. Il a de qui tenir.

Aujourd'hui, Il est tiraillé. Ses piètres résultats et sa maladresse brusque, légendaire, l'orientent plus vers la maçonnerie – gros œuvres - que dans le service funéraire. Le bougre ! Il serait capable de faire tomber le cercueil et provoquer l'hilarité générale à l'instant le plus crucial.

Heureusement, sa mère est persuadée du contraire. Certes, il ne sera pas médecin, ingénieur ou professeur qualifié. Il a d'autres atouts pour réussir une carrière professionnelle exemplaire.

Agent Immobilier ! Une barre trop haute.

Pourtant, d'après le spirituel Dominique, l'as de la profession, il possèderait d'étonnantes dispositions.

- Maurice ! Notre fils doit s'instruire.

Claudette encourage vivement son mari volage à rencontrer la Principale.

- Cette fois-ci, mon chéri, tu auras une bonne excuse. « Pour l'avenir de notre enfant. »

Madame veuve Pichon ne fut jamais aussi bien comblée et rassasiée pendant toute sa monotone vie monastique. Une immense bouffée de plaisir en quinze minutes pleines et denses, pantalon baissé et remonté. « Ah ! Si mon brave Ernest avait disposé du centième de votre savant savoir scientifique dans son froc ! »

Guillerette, elle rectifie son bulletin. Gave junior rejoint la seconde Excellence du Lycée.

Son père le met en garde. « Le Proviseur ! C'est un homme. Un dur. Je ne peux rien faire pour toi. Études ou démerdes-toi ! »

Quand le chef manitou découvrira avec stupeur la supercherie ! Va-t-il se faire éjecter illico du bahut ?

Dans un calme olympien, sagement assis, les élèves attendent l'arrivée du professeur de Français. Le premier cours d'une belle journée ensoleillée. Un redoublant, un nœud dans le ventre, s'exclame.

- Pourvu que ce ne soit pas la Pivert. Défaitiste, il complète d'un air désabusé :

- La spécialiste des jeux de mots vaches. Pivert prenait son pied pour me dézinguer devant tous les élèves : « Un futur champion d'aviron. Il rame. » À vous dégoûter du Français et du reste.

Christian est suspicieux. Le garnement aux organes super développés renifle un doux parfum enivrant se répandre subtilement dans la classe. Alors que le couloir, fraichement repeint durant les vacances, est désert. On entend les mouches voler.

Trois minutes plus tard. Silence totale.

D'ordinaire, conséquences égalitaires de mai 68, les élèves restent assis. Instantanément, les slogans niveleurs mis de côté, ils se lèvent respectueusement avec, pour certains, un jeune cou flexible qui s'allonge ostensiblement vers l'objet du désir.

Subjugués, les yeux sortis des orbites, ébaubis, ils contemplent, émerveillés. Un élève vise un max. Il se gratte nerveusement. Un autre frotte avec frénésie ses verres doubles foyer. Une demoiselle, semblable à la Vierge Marie dans sa longue jupe de bonne sœur, s'exclame : « Oh ! Mon Dieu. » Une fille, bâtie comme une lanceuse de javelot, dévoile sa véritable sexualité. Elle la dévore intensément des yeux tout en glissant discrètement sa main à l'intérieur de sa veste Sergent Pepper's Band.

Majestueuse, du haut de ses talons aiguilles de dix centimètres, une main rare et délicate referme doucement la porte. Toute la classe entend Christian absorber l'air à un rythme saccadé. En pivotant, le redoublant lui glisse un mot. *Pivert claquait violemment la porte avant de froisser ses têtes de Turc préférés.*

L'enseignante monte sur l'estrade, le buste droit telle une danseuse du Bolchoï. Sa belle et longue chevelure brune, similaire à celle de Gina Lollobrigida dans *Fanfan la Tulipe,* ondule gracieusement. Elle paraît très sûre d'elle-même. En fait, les orteils crispés, la gracile est sur le point de s'évanouir.

À vingt-deux ans, l'intellectuelle débute.

Elle leurs sourit. Elle les regarde fixement.

Le chemisier Cacharel à tissu imprimé Liberty, légèrement dégrafé, laisse deviner une poitrine ferme et généreuse à la peau douce et soyeuse.

Afin d'atténuer sa timidité maladive et de ralentir les battements spasmodiques de son cœur, elle respire lentement un air chargé d'électricité.

Au point de craquer les deux boutons nacrés du haut de son excitant corsage.

Un son délicieux s'échappe de sa belle bouche aux jolies lèvres sucrées bien dessinées.

- Bonjour ! Je m'appelle Mademoiselle Béatrice Trognon, je suis votre professeure de Français pour cette année et les années suivantes.

Elle écarte les bras, elle les agite, afin de se donner plus d'assurance. Mettant innocemment en valeur un corps souple et tonique pour le plus grand bonheur de Christian, en transe, d'autres, et de Jacques entrain d'interpréter *West Side Story*.

- Je remplace Mademoiselle Pivert.

Elle se courbe légèrement puis, avec une voix peinée pour sa collègue, elle ajoute, contrite.

- En dépression à durée indéterminée.

En se retournant vers Gave, le redoublant, avec des yeux lubriques, lui chuchote.

- Je crois que je vais enfin apprécier la matière.

Christian, à l'œil aussi concupiscent, renchérit.

- Je ne demande pas mieux que de la palper.

Il saisit mal la nuance. Il imagine une allusion grivoise ainsi que les trois suivants.

- Et moi de la croquer. Souffle Jacques.

- Et moi de l'ausculter. Complète David.

- Et moi ? Patrick stoppe net la joute verbale. Une présence le contrarie.

David, le sens aussi développé et infaillible que celui de Christian, tourne immédiatement la tête vers le lieu qui interpelle, une ravissante poupée aux yeux d'azur. Ceux de David, d'or liquide semblables à ceux du Prince Malko Linge, le héros de *SAS*, pétillent une seconde fois.

Le commentaire époustouflant sur Nana achevé, écouté dans un silence de cathédrale, la ravissante

Béatrice Trognon se redresse avec maîtrise. La dégourdie apprend vite. Elle se dirige sans hésitation au milieu de l'estrade face à une salle conquise.

Elle leurs communique les directives du Rectorat.

- Une mission difficile d'après le Proviseur.

Les élèves, intrigués, sont cois.

- Une mission impossible ? Je vous épaule !

La professeure et les demoiselles découvrent le charme viril du beau gosse qui s'imagine jouer le rôle du *Chevalier de Pardaillan*, la fermeture Éclair de la braguette de son jean descendue, laissant deviner un grand mat au garde à vous entrain de vanter la qualité du coton moelleux du slip *Petit Bateau*.

Jacques est aussi déterminé que Sean Connery dans *James Bond 007 contre Dr. No*.

- Tant qu'il ne la couvre pas ! répond David, et il pointe à nouveau son visage métamorphosé vers la gracieuse aux charmes insoupçonnés.

Il vient de comprendre la différence entre une pulsion physique et un amour charnel éternel.

Rougissante la jeune élève.

Rougissante la jeune prof.

Béatrice bégaie.

- Re…re…remettre sur pied la troupe théâtrale, à l'abandon depuis plusieurs années. Une tâche très ardue, m'a-t-on confirmé.

- Une tâche très ardue ? Pas du tout ! rétorquent en chœur Christine, Marie-José et Jeannie, les trois dynamiques cracks du Collège du Parc Impérial, l'année précédente.

- D'après Mademoiselle Berthe Pivert, votre regrettée professeure, vous ne penseriez qu'au sport.

- Regrettée professeure ! Pouffe le redoublant.

Les trois génies ajoutent.

- Nous vous assistons dans votre mission.

Béatrice doute.

A-t-elle les aptitudes ?

Elle vient déjà de réussir à transmettre le message exigeant du Recteur.

Libérée, elle s'enhardit et conclut.

- Néanmoins ! Si d'autres élèves sont partants, nous pourrions choisir la pièce ensemble. Vous savez ! Les œuvres géniales de Molière ou celles de Guitry, par exemple, ne sont pas rébarbatives.

- *Boing Boing* ! Suggère David.

Cette comédie ? Ses parents l'ont tant appréciée qu'ils ont tenu à la revoir avec leur fils adoré six mois plus tard.

À la fin d'une journée de travail exténuante mais bénéfique au Salon du Prêt-à-Porter situé à la porte de Versailles, son père et sa mère, en bons provinciaux, vont au théâtre, puis clôturent la journée *au Pied de Cochon*, le restaurant ouvert 24 h sur 24 dans le quartier très animé des Halles.

- Je suis toujours partant ! Même pour *La Reine morte* ! avoue un Jacques enflammé.

Comédien ! Sa passion.

Un rêve contrarié par son père.

Molière, Nana, Guitry, *Boing Boing*, épauler, couvrir, *La Reine Morte* ... « Bordel ! Ils savent un max dans cette classe. » Songe Christian, ébahi.

L'école a toujours été une corvée pour lui.

Dans un fracas assourdissant, la grande carcasse désordonnée de Christian renverse la table et celle de devant qui se brise.

Confus, le pataud se déplie humblement.

Il redresse craintivement le doigt avec des yeux de chiens battus comme à la maternelle, lorsqu'il demandait à la maîtresse la permission de faire pipi et... ce qu'il n'a jamais tenté depuis le C.P., il ouvre la bouche. Il halète, le cœur battant follement.

La professeure, déjà stupéfaite de trouver une classe si solidaire et si studieuse, perçoit immédiatement une sorte de délivrance chez cet élève aux proportions phénoménales, très émotif. Timoré au début, il donne l'impression d'avoir découvert le bon déclic pour le sortir finalement d'un blocage.

Elle le laisse un long moment se chercher et se canaliser avant de s'adresser à Christian avec tact et avec un regard scintillant d'humanité.

- Vous désirez ajouter quelque chose ?

- Je veux être le Roi ! En prenant d'autorité la parole.

Soulagé d'avoir enfin pu s'exprimer, ce qui ne lui était jamais arrivé, même à l'école maternelle, le frustre frappe si fort du poing la table d'à côté qu'elle se fend en deux.

La professeure a conquis les élèves.

Christian fait l'adhésion de toute la classe.

À partir de ce jour à marquer d'une pierre blanche, Christian, le souffre-douleur de Simone Crochet, ne sera plus jamais moqué, ni craint. Christian, le visage transformé, s'épanouit auprès d'un groupe enthousiaste qui l'a adopté.

Le king !

Une heure plus tôt, Zola, son idole, était le dribleur magicien de l'Équipe d'Italie et Molière la grande baraque bourgeoise en meulières de tatie Danielle d'Eaubonne.

6

Incroyable ! Pour la première fois depuis toute sa scolarité, Christian retourne à la maison, libéré et d'humeur badine. Dans sa lancée, il espère bien impressionner sa tendre mère.

- Tu connais Émile Zola ?

- Oui ! Mon ange. J'ai lu et même relu ses livres. Je les ai beaucoup aimés. Il était courageux en plus.

- Il a cassé la gueule à des mecs ?

- Il a fait mieux ! Sa belle plume justicière a sauvé un innocent en rédigeant dans l'Aurore, le journal de Clémenceau : J'accuse … ! Un pamphlet cinglant qui dénonce avec bravoure et panache une odieuse machination crapuleuse.

- Ah bon ! Rien qu'avec une plume ? En tout cas, j'en suis sûr ! Pas avec un gros Mont Blanc.

Claudette, le regard désolé, est chagrinée. Après plus de trente secondes de concentration, la tête de son fils explose. Obtus, il refuse d'ouvrir un livre.

Même les aventures de Spirou, d'Astérix ou celles désopilantes de Tintin, dévorées par son père, ne retiennent pas son attention.

L'année dernière, la détestable Simone Crochet, sa prof de français, une hystérique complexée, bavait sur son manque d'instruction devant tous les élèves de sa classe, l'œil torve.

Sa bouche de vipère, plus volumineuse qu'un Canadair, ricanait en déversant une autre injure.

« C'est qui La Fontaine ? D'après le génie, c'est le distributeur d'eau fraîche installé dans le préau.

N'est-ce pas Christian ? »

Un an plus tard, elle ignore encore la personne qui a bousillé sa 4 CV neuve, grand luxe, achetée à crédit, assurée au tiers.

« N'est-ce pas Maurice ? »

En attendant, Simone ressort le vélo. Au retour, elle pédale dure jusqu'au 350 Bd de la Madeleine pour retrouver dans son clapier, Léon Zitrone et d'autres gloires qui meublent son existence morne.

Sa mère s'angoisse malgré l'assurance déterminée de son fils, calme et impassible.

- Chère maman ! Ne t'inquiète pas. Je terminerai le trimestre et les deux autres. Je fais parti de la troupe théâtrale du lycée. Ils ont besoin de moi.

Son père, plié en deux, imite Fernandel. « Mon fils comédien ! » Tout le quartier entend son rire caractéristique. En se tapant les bras au point de faire vibrer les fenêtres, il lui conseille de s'inscrire de préférence dans la section rugby.

Les parents sont surpris. D'ordinaire, si Christian est contrarié, il beugle en bégayant.

L'effet Béatrice est-il plus efficace que *Kiss Cool* ! Avec une voix fluide et pondérée, Christian leurs dévoile le rôle qu'on lui a dévolu.

- Dans la pièce comique, je suis l'ami du fils de l'architecte. Jacques a obtenu le rôle principal.
- Quoi ! T'es pédé ? Mon fils pédé ! Malheur !
- Pas du tout ! Jacques joue le rôle d'un coureur de jupons.
- Ce doit être une pièce intéressante. J'irai voir.

Rassuré, le père boit d'une traite la moitié de la bouteille de vodka offerte par Natacha, la comtesse Russe, une de ses premières clientes.

Sa mère revient à la charge. Elle s'enquiert sur les nouvelles fréquentations de son garnement. Il leurs a causé tant de problèmes avec ses copains du collège. Heureusement, Colonna, le commissaire de Police de la rue Maréchal Foch, un homme juste et flexible comme le roseau, spécialiste de la *Zytha*, la bière blonde de Nice, est un bon ami de son mari.

- Jacques Rimoti !
- Oui ! Maman. Jacques Rimoti.
- Le fils du grand architecte ?
- Plus grand que papa ! Quoi ! C'est possible ?
- Dans sa profession, il est très réputé.

- Ah bon !

Catastrophée, elle l'écoute attentivement narrer sa première journée sans l'interrompre.

Un constat encourageant !

Le doute commence à s'estomper. Sa patience vient-elle d'être récompensée ? Elle note un progrès géant. Il ne râle pas. Son fils qui déteste l'école depuis la communale n'a pas sorti, en maugréant et en tapant nerveusement du pied avec un air boudeur, sa litanie habituelle.

« Qu'est-ce que je me suis fait chier. »

- Choisir les trois filles. C'était compliqué. Elles étaient si nombreuses à vouloir participer au spectacle, contrairement aux garçons.

Maurice, sur le point de les quitter, retourne précipitamment vers son fauteuil King Size suivi de Bob, son chien, les oreilles bien dressées. Toutes les chiennes du quartier, quand elles sont en chaleur, pensent d'abord à Bob. Prononcez le mot femelle, le père retrouve en une fraction de seconde la vitalité de ses vingt ans. Claudette ne se cabre pas. Elle a vite compris. Il n'est pas nécesaire de le façonner selon son image pour l'amadouer. *Elle lui avait immédiatement décelé... le bien être envers son prochain.* Blonde, brune, rousse, noire, jaune ou martienne, mince ou un peu forte, la splendide et farouche Claudette demeurera éternellement la favorite de son fauve.

- La suite ! Christian. Vite ! Trépigne le père.

Bien calé dans l'autre fauteuil XXL, deux beaux fauteuils en cuir Connolly offerts à Maurice par son client Faltzer, un riche propriétaire Strasbourgeois désireux de s'en débarasser, le fiston achève de décrire sa première journée exaltante au Lycée.

- Un engin semblable à un pilier de basket et l'autre, prête à rejoindre le couvent, voulaient jouer dans la pièce. Finalement, après avoir pris connaissance du scénario, Évelyne, surnommée la Sainte par mon pote David, s'offusqua.

« Je ne suis pas une dévergondée. Une Marie-couche-toi-là ! J'épouserai un homme fidèle. »

Quant à l'autre, Françoise, les deux poings farouches en avant, elle a carrément disjoncté.

« Jacques ! Interdiction de me draguer. »

Maurice jubile.

- Une gouine ! Ricane-t-il en se grattant le ventre.

- Une quoi ?

- Une fille qui aime une autre fille, comme ta tante Germaine avec Virginie, la vendeuse de la charcuterie Calluaud.

- De la rue Maccarani où maman achète quelquefois de savoureux plats préparés ? Ah bon ! Elle est gou..., c'est possible ?

Réaliste, Maurice soupire.

- C'est comme ça. C'est la vie.

Le gosse, sensible, réagit au quart de tour.

- J'ai pigé ! Et alors ! Ma tante Germaine, je l'ai toujours bien aimé. Je l'aimerai toujours.

Le visage de Claudette se décrispe. Elle songe.

« Mon Christiounet grandit enfin. Certes, il est un peu lunatique et puéril. Mais si prévenant, si curieux et très débrouillard malgré sa timidité. Également, aussi discret que son père et son grand-père Jean. L'autre roi des surprises bien gratinées. »

Elle le regarde avec les yeux d'une mère.

« Il semble avoir rencontré de vrais amis. »

Elle positive.

« Hier, j'étais encore sceptique. Maintenant, je suis certaine. Les gros œuvres ! Ce n'est pas sa finalité. Je mettrai tout en œuvre. »

* *
*

Christian ne sera pas maçon. La pierre, toutefois, lui réservera de belles surprises.

7

David, Jacques, Patrick et l'autre

DAVID

David, un gars charmant de taille moyenne, légèrement grassouillet, a un humour incroyable et une répartie vive. Il est la combinaison parfaite d'une extraordinaire rencontre entre un Sépharade d'Oran à la faconde légendaire et une Ashkénaze, dont les parents venaient de Varsovie, qui excelle pour conter les potins.

À l'image d'un père élégamment vêtu, il est d'un abord facile. Au début de ses activités, Enrico, qui a su rebondir en repartant à zéro, ignorait les codes du commerce Niçois. Il se croyait encore « là-bas ». Ici, l'enthousiasme est plus feutré. Les notables, les fonctionnaires exécutifs de la Ville ou les élus sont très discrets lors de l'achat impulsif d'un vêtement de marque onéreux.

David partage avec sa mère volubile son goût pour la peinture ou la musique. Il est aussi très sensible et attentionné lorsque Hélène, sa tendre maman débordante d'énergie, a parfois un soudain coup de blues. Il compatit à sa profonde tristesse qui brise l'harmonie de son beau visage.

Conscient de vivre dans un cocon familial, il admire ses parents et leur fait constamment plaisir, principalement à sa mère. Même lorsqu'elle se tait, son silence muet a un son personnel renforcé par une bouche en perpétuel mouvement.

Il ne se rebelle jamais. Dès la maternelle, en plus des cours de violon tous les jeudis, David est aidé deux heures dans la semaine par Alain Legentil, un professeur de maths en provenance du collège Roland Garros, qui le suivra jusqu'à la Terminale.

- Mon chéri ! Je pense à ton avenir. Tu réussiras brillamment ton difficile concours de *médécine* après ton foudroyant succès au BAC.

Sa mère, aussi forte en Français que n'importe quel professeur agrégé, bloquera jusqu'au dernier jour de sa vie sur le mot *médécin*.

Les faiblesses de David en maths, en sciences, en physique-chimie risquent-elles d'ébranler les projets ambitieux de sa mère ?

Des lacunes absentes, en revanche, soit pour festoyer, soit pour aller au cinéma avec les cousins, ou bien, pour son plus grand bonheur, découvrir les meilleures douceurs de la ville *au grand soleil d'or* en flânant.

Question pâtisserie à Nissa Bella, il est incollable. L'expert les connaît toutes, ainsi qu'une multitude de boulangeries. Dans son esprit vagabond, calé au niveau de son estomac, la friandise est universelle. Dans n'importe quel quartier de Nice, aisé ou modeste, parcouru à pied, le vélo est très dangereux d'après sa mère, les boulangers Niçois ou ceux venus d'horizons divers rivalisent d'imagination et de compétence afin d'offrir le meilleur à leurs clients, comblés.

Rien qu'à la rue Saint Philippe, la Forêt Noire de la boulangerie *Au Bon Pain* enchante votre palais. Quant à la *La Rose blanche,* celle située en face, juste en traversant la rue Dante, elle propose une succulente Baklawa.

Un jour, David persuade son père de monter à Paris. « Hélène ! Il veut voir le Louvre. »

Le gourmet se délecte avec le baba au rhum de Stohrer, la plus vieille pâtisserie de Paris dans le quartier typique de la rue Montorgueil. Il se lèche les babines devant le monumental Mont Blanc d'Angélina, tout en découvrant le jardin des Tuileries bien ordonné. Il déguste le légendaire macaron de Ladurée, le produit iconique de la célèbre maison au cadre divin situé près de la Madeleine.

Tandis que son père, l'œil professionnel, s'attarde devant les vitrines de magasins de vêtements.

Lors d'un voyage à Londres, avec la quatrième du collège Stanislas, la professeure, affolée, remue ciel et terre pour le retrouver. Épouvantée, elle questionne les passants en décrivant le *Frenchy*. Deux heures plus tard, la classe, en extase, découvre le bienheureux entrain de s'empiffrer à la légendaire pâtisserie Hongroise *Louis of Hampstead*.

Trente élèves deviendront des adeptes assidus du *Dobos torta*, une alternance délicieuse de couches de génoise et de crème au chocolat.

Marcher sept miles à un rythme soutenu, quoi de mieux pour conserver et entretenir la forme. Lui qui ne fréquente ni les salles de gym ni les terrains de foot. Le supporter de l'OGCN, c'est son père.

Seulement, depuis son passage en seconde, l'affable David s'oppose timidement à sa mère. Non pas pour la profession de médecin. Il n'a pas la fibre du travail. Quoique ! Si la télé, à l'époque, avait programmé un Jean-Louis Petit-Renaud aussi épicurien, le débusqueur des meilleurs endroits où bien ripailler, il n'aurait pas dédaigné le métier de journaliste itinérant gastronome. David se révolte pour une jolie frimousse à la chevelure blonde bouclée dont les cils frémissent quand leurs yeux langoureux se croisent. Ce jour-là, durant le cours de Français, en poussant un long soupir, il comprit l'alchimie de la fusion. Convaincre sa mère sera une tâche bien plus ardue que devenir docteur.

Moïse Benchidur, médecin en chef à la Clinique Saint-Georges, l'avait garanti à ses parents.

- Mon ami Enrico ! Sans l'aide précieuse de ton père qui a risqué sa vie, toute notre famille, à Alger, était raflée. Maxi Librati, notre jeune voisin, n'a pas bénéficié d'une telle assistance. Heureusement, il a survécu.

En prenant connaissance des notes du BAC, Moïse a une moue réprobatrice.

- Enrico ! Je tiens ma promesse. Je fais une sévère entorse à l'éthique. Mais je ne tiens pas à atomiser le serment d'Hippocrate : *D'abord ne pas nuire*. Il sera toubib à la Sécurité Sociale. Planqué, le stéthoscope confisqué, il ne fera pas de dégâts. Il ne sera jamais un grand *médécin* spécialiste. Sauf si des dons exceptionnels jaillissent. J'en doute. Surtout ! Pas un mot à ta femme.

* *
*

JACQUES

Un gars comblé par la nature. Un beau ténébreux de la lignée de Ralf Valone. Une prestance et une diction absolument remarquables. Une assurance à toute épreuve. Dans n'importe quel endroit, Beau Gosse attire l'attention. Que ce soient sur les courts de tennis, le polo jaune poussin de Lacoste mis en évidence, ou lors d'un anniversaire, le Lévis bien ajusté, ou à un mariage, en portant avec décontraction un costume de Façonnable impeccablement coupé, Jacques est toujours bien entouré.

Son père, Roméo Rimoti, le célèbre Architecte, contribue à la gloire de Nice. Quand on pénètre, impressionné, dans un immeuble grand standing Rimoti, on reconnait immédiatement sa signature ; rien n'est étriqué. Même les hauteurs de plafond dépassent la norme courante. Tout ruisselle le plaisir et la volupté d'un endroit serein où il y fait bon vivre et bien recevoir.

D'ailleurs, avec un Agent Immobilier compétent, le prix élevé du bien n'est pas un obstacle. Il est le critère absolu de faire partie de l'élite. De se trouver *at the place to be*.

Roméo le père, un homme gai, généreux, créatif, ouvert, très tolérant, aime partager sa table familiale comme celui de David. Un des points positifs communs des Italiens et des Pieds-Noirs. Des travailleurs durs à la tâche qui ne se plaignent jamais, pour le bien-être de leur famille. Qui savent faire la fête. Qui aiment le beau, les bonnes choses et profiter intensément des plaisirs de la vie.

Cependant, une obsession maladive le mine. Il veut constituer la dynastie des Rimoti à l'instar des Dikansky, l'autre nom étincelant, en perpétuel recherche de style et d'harmonie. Le grand-père Georges, créatif et intuitif dessinateur du *Palais d'Orient*, le majestueux immeuble posé sur la royale Promenade des Anglais, avec le concours de son fils Michel ; Georges, le petit-fils, installé dans la rue de la Buffa, une des artères principales de Nice. La rue est célèbre pour son marché couvert, un lieu incontournable du commerce de qualité à Nice jusqu'en 2000, avant qu'il ne tombe en désuétude. La mère captative de Romain Gary y faisait ses achats. Une rue qui réveille brusquement les habitants en raison du défilé constant des bus, obligés parfois de stopper brutalement leur fougueux élan à cause du stationnement anarchique en double file.

Nice est vraiment le creuset de la réussite pour toute personne venue des quatre coins du monde, et qui veut s'épanouir pour le plus grand bienfait des habitants de la Ville.

Véra, la mère affectueuse de Jacques, une belle femme d'origine Hongroise aimant danser, décida, quinze ans auparavant, d'écrire sur ses illustres ancêtres. « Mes chers grands amours ! Une fresque monumentale. ». Elle leurs résument brièvement le sujet. « Originaires d'Asie, les Magyars occupent la vaste plaine d'Europe Centrale en 800. En 1526, des dizaines de milliers de Hongrois périrent durant la bataille héroïque de Mohács. Une ville du Sud de la Hongrie qui fut le théâtre d'une cruelle défaite. »

1526 ! Quinze plus tard.

À cette cadence soutenue en mode mineur, le livre sera-t-il édité dans vingt ans ?

Jacques, en admiration devant ses parents, leur fait constamment plaisir, conscient comme David de vivre dans un cocon familial. Il est fier de son père et de son crayon fixé en permanence dans la poche supérieure gauche de sa veste. Le fameux crayon Micron Fineliner, acheté régulièrement à la qualifiée papeterie Gioffredo, qui lui donne la force de dessiner le Nice rayonnant du 21ème siècle.

Autant la mère de David supervise le futur de son rejeton, autant celle de Jacques laisse son mari se préoccuper du sort de leur fils.

Il ne se rebelle jamais.

Dès la rentrée à La Grande École, en plus du piano tous les jeudis, Sylvie Ladouce, une professeure de Raoul Duffy, assiste Jacques une heure par semaine. Elle le suivra jusqu'à la Terminale. « Mon fils ! J'ai tracé ton avenir. L'excellente et réputée école d'Architecture de Marseille t'accueille après ton succès fantastique au BAC. » Alors que Jacques, peu enclin à poursuivre des études supérieures, s'imagine, dès son jeune âge, devenir un comédien.

Jacques, à peine dix ans, encourage ses parents à se rendre au Théâtre Royal Haymarket à Londres. Il veut voir Roy Kinnear dans une comédie joyeuse, en haut de l'affiche depuis plus de quinze mois. Il l'a tant apprécié en Planchet, dans le film *Les Trois Mousquetaires*.

Le fils est comblé. Le père, enchanté, détaille le bâtiment. L'expert admire la structure dessinée par John Nash et déduit que 900 places est la bonne contenance. Ravi du spectacle, il quitte la salle avec un croquis à soumettre à Jacques Médecin.

Seulement, Jacques ne réagit pas. En classe de seconde, son talent est remarqué et complimenté. Malgré un article dithyrambique de Nice-Matin à son égard, et une avalanche d'éloges, il ne saisit pas l'opportunité. Il préfère se flageller afin de ne pas froisser son père.

Le Corbuse, le droit et sévère Directeur de l'école d'architecture à Luminy n'a pas oublié.

- Roméo ! Ton père m'a donné un de ses reins. Ta mère, un poumon à Henriette, ma femme. Exige tout ce que tu veux, je te l'accorderai.

En prenant connaissance des notes au BAC, Le Corbuse grimace.

- Roméo ! En respectant ma promesse, j'ébranle le règlement impartial de l'école. Néanmoins, essaie de te débrouiller avec Jacques Médecin pour la création d'un poste d'Architecte des cimetières. Si la tombe s'écroule, au moins, on n'entendra pas le mort râler. Oublie tes rêves. Jacques est incapable de dessiner une maison plain-pied, un immeuble de douze étages ou de créer et superviser un tunnel sous la Promenade des Anglais qui part de Lenval pour déboucher au quai des États-Unis. Une idée chère à ton grand pote Grinda pour une meilleure qualité de l'air et rentabilité de son hôtel. Sauf si des dons exceptionnels jaillissent. J'en doute. Surtout ! Pas un mot à ta femme.

* *
*

PATRICK

Patrick démarre la vie avec un double handicap.

Il n'a ni la distinction, le charme et l'humour de David, ni la décontraction, le physique et la beauté insolente de Jacques, très jovial. Le renfermé correspond davantage à une grande girafe désossée et maltraitée. Loin du gabarit impressionnant de celui de Christian, un futur séducteur en puissance dès qu'il parviendra à surmonter sa timidité. Patrick est la reproduction fidèle du père, c'est-à-dire, un grand échalas courbé et complexé avec, de surcroit, un visage disgracieux de forme oblongue flanqué de deux grandes oreilles étroites pendantes, fixé sur un long cou. Au moins, Paul-Marie, le père, peut certifier qu'il est le véritable géniteur.

À la différence des parents de David, de Jacques ou de Christian, des parents fraternels, joyeux et unis, constamment en mouvement, Patrick est né dans une famille noble où l'on se vouvoie, très traditionnelle, sans réel problème et sans fantaisie. Les Delagorge, des pratiquants zélés versés dans la bondieuserie étouffante, reçoivent rarement des invités extérieurs à la famille. Si chez David, Jacques ou Christian, la demeure, sans cesse remplie de nouveaux hôtes appartenant au large cercle des amis ou de la famille, respire la vie, la grande maison de Patrick, de l'avenue Villebois Mareuil à Cimez, transpire, en revanche, la sinistrose. La bonne humeur, présente à tous les niveaux, avec une dose de fantaisie incroyable chez les trois compères se transforme en veillées funèbres chez les parents de Patrick, entrain de ressasser en permanence un passé révolu.

Ils sont hostiles à toute nouveauté, contrairement aux trois autres familles, fières de leurs meilleures traditions tout en rejetant avec force les plus rétrogrades et les plus nuisibles.

Eux ! Ils sont prêts à affronter l'avenir avec confiance. Ils ont un point commun. Ils viennent de pays où ils ont tout perdu en raison de la religion, de la politique ou d'une indépendance très mal digérée. On leurs a tout pris, tout volé. Mais ils ont su faire face et rebondir sans se lamenter à Nice, la belle ville tolérante, attachée à ses nobles valeurs.

Marie-Ange, la mère sévère de Patrick effectue sa scolarité à Blanche-de-Castille de la maternelle jusqu'à la troisième. Le carnet, très passable, est chaque fois complimenté grâce à sa première place en catéchisme. Ce qui lui permet de décrocher tous les ans les encouragements. Les laborieuses études d'aide-comptable enfin achevées, elle fait un stage transformé en CDI à l'étude Notariale Delagorge, des bons paroissiens comme ses parents.

Quelques années plus tard, Marie-Ange et Paul-Marie s'unissent religieusement en novembre, à l'Église Saint-Pierre-d'Arène de la rue de la Buffa. Le mariage est célébré par le jeune Père Gil Florini, doté d'une très belle voix et d'un physique similaire à celui de Gary Grant, talentueux dans le film *La main au collet*. L'ambiance dans le restaurant le Chantecler du Negresco, pourtant si fabuleux, fut aussi maussade que le temps.

Un jour, chez sa tante, il avait à peine huit ans, Patrick-Marie découvre entre les pages d'un livre en édition rare, *Les Cathédrales de France*, plusieurs photos pornographiques. « Patrick-Marie ! Toi aussi, tu aimes les belles images de nos cathédrales ? La grandeur de notre France éternelle. C'est très bien ! Je te le prête. Attention ! Ne l'abime pas. »

De retour à la maison, enfermé dans sa chambre, une photo masquant celle de Notre-Dame-de-Paris, l'intrigue. Il découvre une des œuvres les plus abouties de Gustave Courbet : *L'Origine du monde*.

En transe, il n'imaginait pas une femme avec un sexe plein de poils, différent du sien.

La semaine suivante, les Delagorge invitent les De Dubertrand, de bons et vrais Français, et leur jolie fille Anne-Marie, du même âge que Patrick-Marie. Les mères estiment que les deux chérubins formeraient un beau couple. Dans le beau jardin fleuri, Patrick, torturé par toutes les photos pornos, en particulier par le vagin, pose une question à brûle-pourpoint à la jeune invitée, alors que les parents, toujours aussi négatifs et méprisants, se plaignent amèrement du comportement scandaleux et révolutionnaire de la jeunesse d'aujourd'hui aux cheveux longs et aux idées courtes.

Ah ! Cet éternel conflit de générations.

- Anne-Marie ! Toi aussi tu as un minou recouvert de plein de poils noirs ?

Choquée, Anne-Marie ne lui adressera pas la parole pendant près de dix ans.

Complètement détraqué, ne pouvant espérer une réponse sur la question de la part de ses parents très pudibonds, Patrick s'enfonce de plus en plus dans une sorte de névrose en dessinant en cachette des vagins. Lui qui possède un réel talent dans le dessin, il gâche ses immenses atouts.

Il retrouvera son équilibre grâce à ses trois amis et à leurs parents. Les mères ont vite détecté une souffrance chez le gosse si sensible et si bon.

Souvent, le dimanche, à tour de rôle, il aspire une bonne gorgée de joie débordante en se régalant chez l'un d'eux dans une atmosphère festive, débonnaire et conviviale. Certes, les plats ne sont pas aussi riches chez les parents de Christian aux revenus nettement plus modestes. Cependant, le rôti de porc avec sa sauce maison relevée de quelques morceaux d'ail et la succulente tarte aux pommes sont cuisinés par Claudette avec une telle perfection qu'il les déguste avec autant de plaisir que les repas gastronomiques préparés chez les parents de ses deux autres excellents amis.

Son père souhaite qu'il poursuive l'œuvre de son arrière grand-père en reprenant l'Étude.

Patrick, indécis sur son avenir, n'y est pas opposé. Pour cette raison, en plus de la rééducation de son dos tous les jeudis, Luc Coureur, le bellâtre cavaleur professsseur de Français du Lycée Les Eucaliptus, lui expliquera, dès la sixième et jusqu'à la Terminale, les subtilités et les pièges de la conjugaison et des mots à plusieurs significations, afin de mieux saisir, pour plus tard, les méandres tortueux et hermétiques du Droit, où la forme prime plus souvent que le fond dans de nombreux cas.

8

À partir de la seconde, Christian, déjà accaparé par le theâtre, rejoint le club très sélect des abonnés aux cours particuliers. Hélène et Roméo, les deux têtes chercheuses, imaginent une nouvelle astuce. Ils mettent à contribution tous les profs de leur classe, même le professeur de gym pour Patrick.

Ainsi, les quatre Mousquetaires passent sans encombre en première. Les répétiteurs patients ont travaillé davantage pour se taper un agréable séjour à la Martinique avec leur famille et changer d'autos.

Tentés par la Guadeloupe et Marie-Galante, ils profitent de cette source inépuisable pour offrir à nouveau leur précieux savoir avec "le même désintérêt financier" que Dominique, l'ami qui veut du *bien* pour sa clientèle, afin de leurs permettre un atterissage en douceur en Terminale Scientifique.

Entre-temps, Béatrice Trognon est embêtée.
L'activité théâtre déborde de succès.

Toute la classe souhaite un rôle ainsi que d'autres élèves du renommé Établissement. Yannick, de la Troisième sport, un futur espoir du tennis, paraît-il, à la bouille sympa, aujourd'hui un véritable pot de colle, veut intégrer la prestigieuse troupe du Lycée.

Une fois de plus, David donne la solution. Il a vu avec ses parents la fantastique comédie musicale *Hair* au théâtre de La Porte-Saint-Martin.

Laissons entrer le soleil / Let the sunshine in

Super ! Béatrice jubile. « Ils vont s'éclater ! »

Le Rectorat est consterné. Elle s'en moque.

Elle n'arrive pas à s'épanouir dans l'enseignement du Français. Elle se morfond. Trop de mesquinerie, de jalousie et surtout de freins pour lui permettre d'instruire tel qu'elle le conçoit. Les méthodes récentes sclérosent plus qu'elles ne libèrent le potentiel de chacun, même si elle est consciente que tout le monde ne devient pas Victor Hugo.

Sa décision, irréversible, est prise. Elle se destinera à l'écriture de scénarios et à la mise en scène.

Et pourquoi pas ! Un roman déjanté sur la classe de Christian de la Seconde à la Terminale.

Plus que deux ans à végéter, avant de rendre, pour de bon, un tablier trop mal taillé pour elle.

La vie ! Ce n'est pas qu'un long fleuve tranquille qui coule sans imagination et sans poésie jusqu'à la mer.

La vie ! C'est une soif d'aventure, de découverte, de rencontre, du plaisir de bien être.

Béatrice réunit les candidats et les met en garde.

- Attention ! Il faut savoir chanter aussi. Je serai impartiale durant l'audition.

Jacques ! À la voix virile et pénétrante obtient le rôle principal. Surprise ! Évelyne et Françoise sont les deux premières retenues. Lorsqu'elles chantent, leur corps vibre. Christian commence à avoir un coffre musical légèrement aussi détraqué que celui de Maurice, son père. Son rôle sera minime. Il sautera et gesticulera surtout à l'arrière des autres. Il est si grand et corpulent ! Il ne passera pas inaperçu.

Neuf mois pour préparer la pièce qui tiendra l'affiche dix jours à l'Opéra de Nice, l'après-midi.

Un succès plus retentissant que la joyeuse et sexy comédie *Boing Boing* jouée l'année dernière.

Le jour de la première, les parents des quatre garçons, aux anges, étaient assis au premier rang en compagnie de Jacques Médecin, encadré de Dominique et de Béatrice, la brillante metteuse en scène qui donna des sueurs chaudes à quelques mâles.

Claudette et Maurice avaient enfilé leurs plus beaux vêtements remis à neuf grâce à François, le maître teinturier imaginatif du pressing *Laissez Les Fers* de la rue Bottero.

* *
*

Les jeunes, le visage crispé, se précipitent, angoissés, devant les tableaux de résultats du BAC 1976. Ils sont nombreux à retrouver le sourire et à pousser des cris de joie. La bande à Gave est enchantée.

- Le bac avec mention ! David crâne.

- 10,75 ! Prétentieux ! Pouffent d'une seule voix Jacques et Patrick.

- Avec la mention, je déguste au Safari.

Réjoui, il ajoute.

- Mon *vieux* n'a pas précisé laquelle.

Il se lèche les babines à l'avance, à l'effet de surprise au moment de l'addition. Juste après le champagne. « Le plus cher ! » Son père interprètera à merveille le rôle du parfait con trompé, comme s'il avait répété la scène toute sa vie.

Christian pousse un ouf de soulagement. Il limite largement les dégâts. Un 8 inespéré sur 20. Il se fie à sa bonne étoile à l'oral. En effet, devenir le premier bachelier Gave est une possibilité aussi mince qu'une feuille de papier à cigarettes. Ses lacunes sont plus profondes que la grotte de Saint Cézaire. Un challenge inédit à défier.

Ressusciter une deuxième fois.

L'Anglais ! *Ze*, « Non ! Gave. Plus mouillé ! Le *the*. » Houspillent les profs successifs.

Les maths ! Marie-José + Jeannie + Christine = Trois mignonnes comédiennes talentueuses et très chouettes. Pour additionner ? Aucun problème.

Quant aux logarithmes, l'exponentielle, ... Aïe !

L'Histoire ! La voix de Vladimir ne trébuchait pas pour détailler sa fuite de Russie jusqu'à ses trois ans. Un bourrage de crâne repris par papy Jean, bien plus efficace que la pub pour la lessive *Persil*. Le profond désespoir des *poilus* dans des tranchées boueuses, rongés par les poux, tandis que les généraux pavanent dans les beaux restos, quel conteur, Jeannot le bison. Les nombreux exemples de bravoure de son père durant la deuxième guerre mondiale... Il peut bafouiller sur sa famille.

Les autres ? Des énigmes. Napoléon ! À part la chanson : *L'enfant prodigue de la gloire. Napoléon, Napoléon,* grâce à Dominique, il ignore. Le successeur ? Boulevard Napoléon III, un quartier résidentiel.

Le Français ! Baudelaire, Camus, Proust, Verlaine... C'est bien sa veine.

Un comble ! Lui, au moins, il sait ce qui le branche. Comment exercer avec envie le beau métier, si on ne lui délivre pas le diplôme de bachelier. Ses amis vont l'aider.

- Vous ! Rétorque Christian, mal à l'aise. Ils le rassurent. « En plus du soutien amical de Jeannie, Marie-José, Christine et d'Évelyne. » Avec un large sourire narquois aux lèvres, il reprend vite espoir.

- Dans ce cas, je ne pars pas bille en tête si mon père m'épaule...

- Ton père ! S'interrogent les trois cracks et Évelyne, toutes incrédules.

*

Dès la primaire, Hélène, la futée mère de David, imagine un moyen supplémentaire pour obtenir le BAC. Un plan B monté, analysé et peaufiné avec le méthodique Roméo, puis avec le père de Patrick qui pèse les avantages et les inconvénients avec la rigueur d'un juriste madré, avant que Claudette la tenace, la maman de Christian ne les rejoint.

Ils ont mis au point un système imparable.

Le signe de reconnaissance.

Un procédé efficace afin de capitaliser au mieux la manne verséee à profusion aux professeurs. Un juste retour à l'investissement ou bien un renvoi d'ascenseur.

David dessine un thermomètre sur chaque copie en haut, à droite. Jacques, une équerre. Patrick, le logo des avocats. Christian, une porte avec une inscription : *AI*. Il y tient. Cette inscription orne son rêve depuis sa rencontre avec Dominique.

C'est ainsi qu'il a compris et senti le commentaire touchant de la géniale pédagogue Béatrice Trognon sur le magnifique livre de Saint-Exupéry.

En conclave, les profs concernés se concertent. Heureusement, on corrige les copies chez soi.

David vaut un 8,75 solide. Un coup de pouce consolide la note : 10,75.

Ses deux bons copains méritent objectivement un 8,25. Les portefeuilles gonflés récompensent deux élèves assidus et attentifs. Ils n'ont jamais séché les cours particuliers : 10,25.

Christian ? L'affaire se corse.

Ils rament ! dirait Pivert. Ils transpirent un max pour grapiller le moindre point, afin d'escalader la note réelle de cinq à huit. Les barres sont glissantes. Ils patinent. Ils hésitent. Ils maudissent Sisyphe.

Après une concertation agitée, ils décident, d'un commun accord, de bloquer l'effort gigantesque à un prudent huit. Le Rectotat concurrence le Diable. Il est dans les détails.

Gratifier plus. Ils craignent une exclusion définitive. Une première chez les Fonctionnaires.

Alain Legentil, le serviable professeur de Roland Garros, et Sylvie Ladouce, de Raoul Duffy, les plus sollicités parmi les centaines de professeurs, se justifient auprès de Maurice.

- Nous avons fait preuve d'une audace inouïe en lui donnant la chance de passer l'oral. Faites-en autant de votre côté pour l'extraire au mieux du purgatoire. Vous auriez la réputation d'avoir un instinct exceptionnel.

Une semaine intense de rattrapage, à laquelle se joignent ses parents, les amies de son père, celles qui attendent leur tour, le ticket à la main comme dans un laboratoire d'analyses.

Elles aussi auront le rare privilège de graver dans leur cœur : *ME TOO* ! *Je fus une amie de Maurice.*

Une opération très délicate bien plus compliquée à concrétiser, pour participer au sauvetage à risques de Christian, que de créer la terre en sept jours.

Là ! Il y a des témoins.

Afin d'obtenir : 12 + 8 = 10 = **BAC**

9

Par bonheur, Monique, la secrétaire sexy de la grande maison du savoir, une des ex-conquêtes de Maurice, révèle à Martine, prof de Français, une autre fidèle assidue de Fitness Park et des produits diététiques Biotech USA Nice, les bruits de couloirs qui filtrent : « Pas de BAC pour Gave ! »

Inimaginable ! Une sombre machination ourdie par un membre influent du Rectorat. Le cocu aigri se venge en ordonnant à un inspecteur au passé peu reluisant, de briser Christian, le fils de Maurice, en pressurant à fond tous les professeurs en charge d'examiner les connaissances du candidat.

Ravie de renouer le contact avec serial lover, même si elle ne rêve plus - elle a fait son deuil - Monique lui signale également les rumeurs macabres au sujet du prof de maths et celles, bizarres, sur l'excentrique prof d'anglais, les deux désignés pour juger Christian. « Enquête ! Maurice. »

Christian révise laborieusement avec Martine, fort compréhensive, *L'Étranger*, le texte si saisissant qu'il aura tiré au sort, au nez et à la barbe de l'autre enseignant, chargé de la surveiller.

- Douze sur vingt seulement ! Maurice rage.

- Chéri !

Courroucé, son visage s'assombrit.

- Combien de fois te l'ai-je dit ! **Maurice** !

Redevenu calme, il plonge dans de doux rêves. « *Claudette* ! *Deux yeux de braise qui sondent mon âme prononça langoureusement* : *Chéri* ! »

- Vous ! C'est quand ? Tu saisis la nuance ?

Irrité, il boutonne maladroitement sa chemise.

- Entêtée ! **Maurice** ! Compris ?

Après un temps d'hésitation... elle hoche la tête en signe de capitulation. Martine se console vite, elle n'est pas la première. N'est-ce pas ! Monique.

- Je suis un mec fidèle. Moi ! Marmonne-t-il.

- Pivert a corrigé les copies de la classe de ton fils. Comment fut-elle informée, je l'ignore. Elle a piqué grave. Un scandale ! Jeannie : 10 ! Seulement. Elle qui vaut 18 d'habitude, d'après Béatrice Trognon.

- Celle que *Le Redoublant* ne peut pas saquer ?

- Oui ! C'est bien elle. Jeannie ! La seule à obtenir juste la moyenne. Quelle honte !

- Elle n'est pas en dépression ?

- Elle avait été détachée au Parti Socialiste.

- Ah bon ! C'est légal ?

- Parce que toi ! Avec tes factures rectifiées à remettre au comptable, une fois les travaux finis, tu fais des choses légales ? Seulement, le PS ne la supportait plus. Elle plombait l'ambiance.

Maurice, abasourdi, l'écoute attentivement.

- Face à cette injustice, on a pu gonfler toutes les notes de cinq points. Que ce fut difficile ! Le Recteur vérifiait chaque copie ligne par ligne. Celle de ton fils, j'ai réussi à la planquer de justesse. Remercie Monique ! Vive comme une guêpe, elle grimpe sur un escabeau. Elle lève les bras le plus haut possible en se mettant sur la pointe des pieds pour récupérer sur la dernière étagère un texte poussiéreux de Cicéron, à l'évidence, rarement lu. Le gros cochon excité mate dur ses jolies fesses joueuses mettant en valeur ses longues jambes fuselées et son string *Aubade*, l'antidote contre la tristesse, pendant que son têtard frétille. Il s'est tapé un deux. Ça valait, au doigt mouillé, moins un. Ça devait être son dernier devoir à sabrer. Pivert était éreintée.

- Moins 1 ! Pas 2 ! Murmure le père attristé.

- 12 ! C'est le super maximum. *L'Étranger* ! Le seul écrit auquel on peut entrevoir une faible lueur d'espoir, c'est déjà carrément flou pour ton fils.

- Ah bon !

- Au-delà, la supercherie est mise à nue. Le Rectorat, vexé, m'expédie illico à Paris.

Martine, le visage congestionné, sur le point de vomir, vocifère. « Paris ! Quelle horreur ! »

Elle vitupère.

- Moi ! À Paris ! Dans le froid et sous la pluie ! Franchement ! Plutôt travailler au Casino Ferber.

En rage, Maurice la trouve excitante à souhait.

Le visage avide, il déboutonne vite sa liquette. Quinze minutes plus tard, les deux assouvis, le repu Maurice lui sussure à l'oreille. « C'est bon ! Je trouverai une solution. Attention ! Douze ! »

Le jour de l'épreuve, Christian commente très convenablement le beau récit d'Albert Camus. Un sujet qui cherche à nous faire réfléchir sur le sens de la vie. Martine est étonnée. « Décidément, il me surprend. Il suivra les traces du père. » Le Soviet tire la tronche. Martine se régale. « Cher Confrère, qu'en pensez-vous ? » Dit-elle d'un ton doucereux. Le maton ronchonne. « Oui ! Il a bien répondu. » Martine est au paradis. « Le con ! Il me tend la perche. » Elle pousse l'avantage. « Ça vaut une très bonne note… N'est-ce pas ? » « Hélas. » Grogne-t-il amèrement. Martine se tortille sur sa chaise. Elle l'a bien emberlificoté. En imitant les profs calamiteux imbus de leur supériorité, elle déclame.

- Cher Collègue, je ne lui colle que 12 !

André Levicieux est soulagé.

- Il paraphrase en hésitant. Réplique-t-elle avec une voix acerbe, analogue à celle de Crochet.

L'affreux reprend espoir en se frottant les mains.

À peine quitte-t-il le restaurant La Ribote du Bd Carlone à l'atmosphère festive, en pleine forme chaque fois qu'il partage un repas pantagruélique avec ses amis, dont Max, le garagiste Renault, qu'il est abordé par un petit homme chauve, pas très épais, au regard vif et vêtu avec bon goût.

- Monsieur Gave ! Je suis Edmond Ponti, professeur d'Histoire à Calmettes.

Maurice se fige. Christian fréquente le Parc Impérial. Pas Calmettes. Son cancre a-t-il foutu le bordel dans ce bahut avec ses trois potes ? Un peu plus studieux, mais aussi farfelus. Fidèle à son habitude, il laisse venir. Le gringalet Ponti est gêné. Maurice, le visage dur, l'impressionne. Autant tout déballer.

- Vous aviez sauvé la belle Édith en février 44.

Maurice s'attendait à pire. Soulagé, il retrouve un souffle normal. « Un secret si bien caché. Comment le puits de sciences l'a-t-il découvert ? »

- Ah bon !

Les poings fermés, il se remémore le passé avec un brin de nostalgie. Sa douleur au dos reprend. Son regard se plisse. Une larme de crocodile dégouline sur son nez. Il n'ose l'essuyer.

Comment nier l'évidence.

Edmond remarque la touchante réaction du gaillard. Un grand sentimental sous une épaisse carapace d'indestructible. Il s'enhardit.

- Depuis fort longtemps, je voulais vous congratuler au nom de notre famille. Judith, celle qui vous avait averti de la séquestration ignoble de sa chère cousine Édith à l'Hôtel Excelsior, s'est fermement opposée. Vous ! Vous aimez la discrétion.

- C'est bien ! Vous m'avez remercié. Au-revoir.

- Attendez ! Je tiens à vous récompenser.

- Ce n'est pas nécessaire, mais je suis sincèrement touché. Bien le bonjour à Édith et Judith.

- Monsieur Gave ! À mon tour, je vous soutiens. Cette fois-ci, vous ne pouvez pas vous opposer.

« Têtu ! Le prof. » Peste intérieurement Christian.

- Ah bon ! Comment ?

- Votre fils passe bien l'oral du BAC ?

Maurice tressaute. Comment a-t-il découvert qu'il est dans la panade ?

- Notre grand établissement est une immense passoire. La révélation consternante de votre amie Martine, ma charmante collègue à Calmettes, m'a retourné. Plus inquiétant, des rumeurs inquiétantes circulent sur l'inspecteur chargé de nous superviser. Je l'ai toujours trouvé étrange. Mais je m'abstiens de dénoncer la sulfureuse réputation ou la faire circuler sans donner la moindre preuve. Sinon, c'est tout simplement revenir à une période tragique et triste qui continue à être une tâche pour notre pays.

Maurice pousse un grand cri de soulagement. Une aide supplémentaire précieuse renforce ses espérances. Lui qui ne croit guère aux bondieuseries, ne va-t-il pas finir par assister à une Messe à la basilique Notre-Dame, et à une contorsion de la tête à la synagogue de la rue Delevoye. « Avant ! Arrière ! Si ça décontracte ma nuque. »

- L'Histoire ne serait pas la matière préférée de votre fils ? Débute Edmond avec prudence.
- S'il ne trébuchait que dans cette matière !
- Vraiment ! Il ne connaît aucun sujet ?
- Excepté les pogroms en Russie. Maurice lui relate son grand-père Vladimir. Les tranchées en 14-18 endurées par son père Jean et la manière surréaliste dont lui-même avait sauvé soixante juifs de l'Excelsior... Autant le confirmer maintenant.
- L'Histoire ! Ça ne le branche pas. Par chance, le théâtre lui a permis de débloquer la parole. Depuis ce jour, il s'exprime avec une aisance remarquable et une imagination fertile comme notre Député.
- Formidable ! Il tirera au sort le sujet le plus difficile. Ces trois histoires ! Un véritable pied de nez à l'inspecteur. Je me réjouis à l'avance de niquer l'apparatchik.
- Niquer ! s'exclame Maurice étonné.
- J'ai une sainte horreur des coups bas indignes ! En revanche, afin d'augmenter sérieusement nos chances, il serait bon de lui rafraîchir ces trois faits marquants de l'Histoire. Au moins pendant... Disons durant six-huit heures.
- Je vous dois combien ?
- Maurice ! Mon ami. Je vais me fâcher.

Le Jour J.

L'inspecteur a décelé la faille avec la prof de Français. Il change de tactique. Ponti, un être trop humaniste, n'enfonce pas gratuitement les élèves. Afin de mieux l'intimider, il brandit brusquement sa carte de l'Éducation nationale avec le zèle d'un inspecteur des impôts jaloux.

- Bonjour Monsieur Ponti. André Levicieux. Je supervise des professeurs et des élèves. Au hasard.

- Monsieur Gave ! Aïe ! Ma goutte. Je reste.

- Cher Collègue ! Prononcé avec le sourire extensible politicien, vous m'avez devancé. Je ne lui avais pas encore demandé son nom. Votre prénom ?

- Christian ! Christian Gave. Monsieur.

L'inspecteur ignore la passion d'Edmond. Les tours de magie, son passe-temps favori. Décontracté, en fixant droit dans les yeux le malotru, hypnotisé, il agite le pot ébréché en gesticulant comme un shimpanzé. Le réducteur jubile. « Il remue si fort. Aucune entourloupe possible. » Il secoue bien le pot à nouveau comme la bouteille d'Orangina. Le contrôleur, l'air chafouin, est réjoui. Ponti étale les petits papiers. Christian choisit le bon.

Il tergiverse pendant trente bonnes secondes avant de le déplier, de lire la question et de le tendre au professeur d'Histoire. Edmond répète la question, avec un air des martyrs au temps des Romains, noté par le rapace, extasié.

- Monsieur Gave ! Vous n'avez pas de chance. Vous avez tiré le sujet le plus ardu. Vous avez moins de quinze minutes pour traiter un fait saillant de l'horreur bestiale des pogroms en Russie au 19ème siècle, un exemple très atroce et ignoble durant la guerre de 14-18, et un acte de résistance ou de sauvetage remarquable pendant la seconde guerre mondiale. Je vous écoute, Monsieur Gave.

Plus d'une minute de gagner.

Christian détaille la vie de Grigor avec une voix traînante afin de bien meubler les quatorze minutes restantes. La raison majeure de quitter dans la précipitation le shetl. Sa halte forcée à Cardiff avant de débarquer à New-York. Edmond a volontairement digressé sur la fin. Jean a raconté à tant de gens les exploits de Vladimir. L'autre peut être au courant.

Levicieux, à l'origine professeur d'Histoire, reste bouche bée.

- Monsieur Gave. La première guerre mondiale.

Exprimé avec un ton neutre, légèrement sévère. On ne peut le soupçonner de favoritisme.

Après une brève explication sur les causes du conflit, « Deux coups de feu tirés sur François-Ferdinand et l'archiduchesse, c'est la déflagration mondiale. » Christian ne s'éparpille pas.

- La véritable hécatombe au chemin des Dames, le 16 avril 1917, est le point culminant de l'abject. *Une attaque qui débute à 6 heures. À 7 heures la bataille était perdue.* « C'est donc vraiment un littéraire, » imagine le dictateur, en face de lui.

Appliqué, Christian poursuit.

- Une véritable boucherie. Plus de 200 000 soldats tués en en deux mois.

« Incroyable ! » s'exclame le mauvais, pantois.

Christian, imperturbable, maintient le cap.

- Au point que la Chanson de Craonne soit devenue le symbole de la révolte des mutins. Ils ne sont pas des Bolchéviques. Des Patriotes tout simplement. Ils ne supportent plus l'injustice et la cruauté du cynique général Nivelle, surnommé le « boucher ».

L'inspecteur, béat d'admiration, oublie sa mission première.

- Robert Martin *le P.C.D.F. le pauvre couillon du front,* et bien d'autres y passèrent ainsi que d'autres bataillons. Pour quel résultat…

Edmond coupe court au monologue.

- Il ne poursuit pas ? Questionne le tortionnaire, attristé.

- Monsieur ! Il maîtrise bien la première guerre mondiale. Je suis curieux pour la seconde. Vous le savez très bien ! Les élèves font des impasses.

- Vous avez raison.

- Il doit répondre aux trois questions ! Formulé d'un ton ferme qui ne prête à aucune contestation.

- Je vous rappelle. Nous n'avons que quinze minutes par élève.

- Dommage ! Continuez, Monsieur Gave.

Concis, il rapporte la soumission et le déshonneur de Daladier et de Chamberlain. Une des causes majeures du nouveau bain sanglant. Confiant, il entre dans le vif du sujet et met en évidence, avec une voix volontairement tremblante comme s'il chantait *Maria* de Schubert, un des faits les plus retentissants à Nice.

- À partir du 11 novembre 1942, les Allemands envahissent la zone libre, en représailles au débarquement allié en Afrique du Nord. À Nice, les Italiens refusent de déporter les Juifs. Ils les protègent en les parquant dans des villages. Mais…

Il adopte une posture effrayée.

- Dès le 8 septembre 1943, les Allemands prennent le contrôle de la Ville de Nice. En 1944, la défaite devenant certaine, les nazis, sans pitié, traquent les Juifs avec une rage extrême. Il ne s'appesantit pas sur la Milice de Darnand qui crache la mort et sème la terreur avec l'énergie du désespoir. Il relate minutieusement l'exploit du héros anonyme. Le colosse de Nice.

- Aujourd'hui encore, personne ne peut dessiner le portrait exact de celui qui a sauvé la vie de soixante Juifs dont plusieurs petites filles et petits garçons avec un indomptable courage.

- Des petits garçons ! S'exclament le contrôleur, les yeux gonflés de tristesse.

- Quinze minutes ! Stop !

- Déjà ! Formidable ! SEIZE !

- Ai-je bien entendu ? SEIZE ! J'inscris.

Levicieux s'est fait avoir comme un bleu. Il prend conscience tardivement de l'énormité de lui coller une telle note.

« Je l'aurai ! »

Cette fois-ci, il manœuvre à la perfection avec Lambitieux, le professeur de physique non titulaire depuis dix ans à Thierry Maulnier. Une promesse de devenir un vrai fonctionnaire de l'État. « Que des avantages ! Un salaire garanti qui tombe tous les mois. Présent ou malade. Vous vous laissez glisser jusqu'à votre retraite. Même pour faute grave, vous n'êtes pas viré. Muté, à la rigueur. »

Gave obtient un zéro encourageant.

« Je l'aurai ! » Gronde le vérificateur requinqué.

Le professeur de sciences, du Lycée Les Palmiers, un apeuré depuis sa naissance, accepte sans broncher les vils recommandations. Certes, les réponses approximatives de Christian sont insuffisantes pour frôler la moyenne. D'ici à lui infliger gratuitement un chétif 0,5, n'est-ce pas abusif ?

Christian était tombé, vraiment par hasard, sur la fiche que lui avait fait réviser la patiente Christine.

La fataliste prof de philo, une dépressive permanente, le visage tourmenté, acquiesce mollement.

Non ! Incroyable ! Lâche-t-elle par inadvertance.

Une brusque montée d'adrénaline envahit son corps inerte depuis si longtemps. Obnubilée par le chaud et intense souvenir du vertige de l'amour, elle bégaie, la gorge nouée.

- Mau…Mau…

La bigleuse se reprend. Elle lui impose d'office.

- Le Traité théologico-politique

Le sabreur exulte. *L'Éducation nationale n'a pas le cran d'inclure ce sujet délicat, même pour la section Philo.* Il renifle un zéro prometteur.

Quel philosophe massacre le candidat ?

Bergson, Kant ou Spinoza ?

Elle a d'autres préoccupations en tête. « Il pouvait être mon fils. » Hypnotisée, son parfum tenace de Caron, *Pour un homme*, refait surface. Elle frissonne de plaisir. « Les baignades nocturnes exquises à la plage de Carras durant mes études de dactylo au cours Pigier. Quel délice. Lorsqu'il m'a laissé choir, la boule de cristal et Freud furent mes bouées de sauvetage afin de comprendre pourquoi. *Mais pourquoi ? Pourquoi le Silence ?* Fredonne-t-elle la chanson tube d'Hervé Villard, le visage gonflé de détresse.

Je cherche encore. »

Affalée sur sa chaise, la jupe courte relevée, elle se caresse furieusement et souffle comme un phoque. Pendant que l'autre galère en sortant péniblement un timide Euhh, l'écho lui renvoie un sonore Aaah !

« Merde ! La salope sabote mes efforts. L'excitée en chaleur ruine mon bonheur en *2 minutes 35.* » Fulmine-t-il, complètement désespéré.

L'inspecteur, aux abois, s'écrie.

- Quinze minutes ! Stop ! Stop ! Stop !

Christian cesse de souffrir. L'experte de la morale, les lèvres baveuses, sort de sa rêverie en extase.

Elle conclut avec un hochement de tête positif.

- C'est bon ! Très bon ! 10

Annick Lacolle, institutrice à l'école primaire Pasteur, grâce à son DEUG de philo, a suppléé en catastrophe les trois véritables titulaires en pleine crise d'existentialisme. Sinon, Christian obtenait 20.

L'inspecteur explose de colère. Néanmoins, il se console. Avec un 10 pointé, il ne colmate pas.

« Je l'aurai ! Je l'achèverai ! En finir une bonne fois pour toute avec les Maths et l'Anglais. »

Pour son dernier cours de l'année, Déquerre merde carrément. Paul, resté dans la salle suite à l'injonction du professeur de maths, capte aussitôt l'avertissement des trois élèves au visage crispé.

Une main moite se pose sur son pantalon.

Paul s'enfuit à toute vitesse.

En pleurs, fortuitement en présence de Maurice, il narre sa mésaventure à son père très chagriné.

- Ce fumier de Déquerre est très influent. Si je le dénonce, je perds de suite mon emploi de jardinier à la mairie. Mon chef, une ordure vicieuse, est son ami. Il ne vaut guère mieux. Quel malheur !

Déquerre… ?

Maurice, le cerveau en alerte, réagit d'instinct en épelant, à voix haute, le nom de l'examinateur de son fils. Il vient de trouver la faille.

« Ah ! Monique et Martine. Je les adore. »

Maurice laisse tomber provisoirement la rénovation de la somptueuse villa de la Comtesse Russe.

« Natacha ! Ma grande amie ! Je poserai les deux bacs une autre fois. Je dois résoudre d'urgence le problème du BAC de mon fils. »

Il le prend en filature en se faufilant entre les voitures. Il se glisse doucement dans les moindres recoins jour et nuit sans compter ses heures. Le glouton se contente d'un simple sandwich plutôt que le savoureux pan bagnat de *Chez Félix* au quartier Magnan, qui risque de le déconcentrer.

Enfin ! Sa pugnacité et son opiniâtreté sont largement récompensées. Tapi derrière un buisson, dégoûté par ce qu'il découvre, il tient la preuve. Il quitte silencieusement son repaire. Il s'approche avec précaution. Le pervers, avec une grande cicatrice au front, sodomise un jeune migrant derrière le presbytère du Bd Franck Pilate. En compagnie d'autres dépravés.

CLIC ! La photo preuve.

Déquerre panique. Soit le colosse le dénonce à la police, soit il marchande très cher son silence.

- Vous êtes bien l'examinateur à l'oral du BAC au Lycée Masséna ?

- Euh… Oui… Il s'attendait à tout, excepté cette question. Comment peut-il savoir ?

Une main ferme l'empoigne. Maurice le plaque contre le mur.

- Tu colles 14 à mon fils. Compris ! Voici le sujet qu'il doit tirer au sort. Il répondra correctement.

Il lit la question pas du tout compliqué. Si ça peut le tirer d'affaires. Une entorse supplémentaire au règlement. Il a pris un abonnement.

- D'accord ! Dit-il, soulagé. Son nom ?

- Gave ! Christian.

Il se raidit. Épouvanté.

- Christian Gave !

Déquerre prend peur une seconde fois. Aucun son ne sort de sa bouche. Il tremble.

Terrorisé, en pissant dans son froc, il confie.

- Gave ! Impossible. Un examinateur supervise tous les profs dès qu'ils ont affaire à votre fils. Lui aussi possède des indicateurs dans la grande maison de la transmission du savoir.

- C'est ton problème. Tu te démerdes. Ensuite ! Tu demandes ta mutation. Sinon je te réduits en bouillie. Il brise un caillou en mille morceaux.

- J'ne peux pas ! Impossible.

Il le mitraille d'un regard menaçant, tout en réduisant en poussières, avec rage, une pierre bien plus volumineuse.

- Ta tête ! Tu tiens à la conserver ?

Le jour J, Déquerre, en nage, est bouleversé. Il a beau chercher, il n'a trouvé aucun moyen crédible pour résoudre l'épineux problème. Il hésite. Va-t-il se faire porter malade. Trop tard. Résigné, il pénètre à reculons dans la salle d'examens.

Euréka !

Il visualise de suite l'envoyé du Rectorat. Deux semaines auparavant, l'obsédé besognait dur avec un jeune sans papiers. Il se ressaisit, il évacue son stress, il éponge son crâne et se dirige d'un pas énergique vers l'inspecteur.

- Bonjour ! Cher Collègue. Je vous conseille de vous éloigner quand j'interrogerai Gave.

Levicieux, pris de court, est scotché. Personne n'est supposé être au courant.

Il retrouve vite de sa superbe.

- Vous avez été payé ? Salir notre Institution. N'avez-vous pas honte ? Je vous ai à l'œil. Avant votre déclassement.

- En êtes-vous certain ? Il le défie du regard.

- Des menaces ! Vous aggravez votre cas.

- Voulez-vous que Gave fasse un scandale devant tout le monde lorsqu'il vous reconnaîtra ?

- Me reconnaître de quoi ? Abruti !

- De celui qui enlaçait tendrement un migrant très jeune derrière le presbytère.

Le scélérat se fige. Il a été découvert. Il se liquéfie. Il a l'air de se rapetisser.

- Comment sait-il ? Le visage décomposé.

- Le frère ainé du migrant est le pote de Gave. Il vous distinguera aisément à cause de votre vilaine cicatrice qui envahit votre front. Enfin ! Je vous ai averti. Solidarité désintéressée entre profs oblige.

Il effectue quelques pas puis, revenu, le cœur léger, vers le superviseur sadique, il ajoute.

- Si vous vous obstinez ? Faites ! Moi ! Je n'ai rien à cacher. Je doute que le syndicat vous soutienne avec énergie si le scandale éclate.

Une pause assassine diplomatique, il termine.

- Ne comptez pas sur mon aide ! Après l'article virulent de Jo Jalerte, l'échotier fouineur de Nice-Matin, paru hier au sujet des prêtres pédophiles.

« Plusieurs se font discrets en ce moment. »

Enfin seul, il tend le pot à Christian, peu à l'aise, de manière que l'autre, planqué derrière un pilier porteur, ne s'aperçoive pas de la supercherie.

- Prenez un papier au hasard ! Le lui en donnant un d'office avec autorité.

Gave, rassuré, lit le sujet. Sacré Papa !

Résoudre l'équation $\text{Exp}(x)=1$

- Sacré veinard ! À peine plus corsé qu'une simple addition. Comme un plus un égale…

- Deux pédophiles ! Répond d'emblée Christian.

Les jambes de Déquerre flageolent. Il s'affole en apercevant le regard circonspect du couard.

Ce dernier, en retrait derrière le poteau, doute.

« Si ce n'était que du bluff. Les profs sont mal payés. Le Proviseur du Lycée... a bien gagné sa R8 moyennant un passage en classe supérieure. »

Il a l'impression de s'être fait blouser dans une ou deux matières. Impossible de le prouver. C'est lui-même qui a offert le bâton miracle pour lui gratifier un seize bonifié en Histoire.

Il retrouve vite son air hautain et méprisant et se précipite avec furie vers le jeune à mutiler.

Déquerre esquive le coup avec astuce.

- Gave ! Hurle-t-il. En l'intimant de pointer ses yeux vers le malheur. **Un moins un égale...**

Le prof agonise. Pourvu qu'il saisisse.

Une voix de stentor résonne dans la salle.

- **Zéro pédophile !** En braquant sur lui un regard noir.

Le violeur détale à la vitesse de l'éclair.

Cinq minutes plus tard, le jeune Christian Gave, la chevelure désordonnée, marche triomphalement sur les pas de ceux d'Einstein.

Déconfit, le kapo compte bien se rattraper avec la dernière épreuve. La professeure d'anglais a la réputation de dégoupiller avec facilité le zéro pointé.

Malheur ! Deux scouts qu'il tripotait l'année dernière papotent avec Gave. Terrorisé, déprimé, il prend la poudre d'escampette.

« Bizarre ! Il laisse seul le prof de maths, le surveillant de loin. Maintenant, il lorgne mes anciens potes du collège et se taille comme un malpropre. J'en glisserai deux mots à mon père. »

Mademoiselle Louche, la professeure d'anglais, une adepte de la méditation orgasmique améliorée, a pris un abonnement au cinéma Le Rialto de la rue de Rivoli. Un autre au Studio 34 de la conviviale rue de Longchamp, spécialisé dans le X.

- Fiston ! Écoute-moi bien.

Christian est concentré. Son avenir est en jeu.

- Louche, un regard furtif à 360 degrés, fixe droit le type obsédé qu'elle a piégé. Elle sent bien les choses. Le couillon, les bourses prêtes à exploser, se laisse mener. Normal ! Le film, pour lui, a toujours le même thème : *Prenez la queue comme tout le monde* de Davy ou *Couche-moi dans le sable et fais jaillir ton pétrole* de Terry.

Christian, éberlué, ouvre grand la bouche. Il est impatient de connaître la suite.

- Ce soir-là, au Rialto, elle hésite entre deux films. Avec une voix d'érudit savant, merci Martine, je m'enflamme. « Ah ! L'unique œuvre magistrale de Bernanos pour le théâtre. » Je lui impose d'office le super navet. Il n'a tenu qu'un jour. Tu suis ?

- Cinq sur cinq

- Pour que l'affaire marche, il faut être directif.
- Je m'accroche.

Satisfait, il descend la Mutzig à grandes gorgées. Une main énorme essuie la bouche.

- Qu'il pleuve, qu'il vente ou qu'il neige, Louche porte toujours une jupe portefeuille fripée de couleur rouge sans culotte. Elle te facilite l'ouverture.

Il poursuit posément ses explications.

Il se retape une Mutzig lager tout en râlant : « Qu'attendent-ils pour faire des packs de 50cl ! »

- Tu as bien retenu ? Adopte ma tactique. Tu obtiendras une bonne note. Un quatorze peut-être.
- Papa ! Ça ! Je comprends au quart de tour.

Un futur véritable Gave en puissance ! Songe orgueilleusement le père.

- Maintenant, apprends consciencieusement le récit avec ton amie Évelyne. Elle est si dévouée qu'elle a rédigé le texte de façon que tu jactes comme si tu avais fréquenté l'université d'Oxford.
- Respecte bien la phonétique. Ensuite, nous reprenons les cours de travaux pratiques.

De retour auprès de son père, en chantonnant le texte comme un Marseillais malheureux qui vit à Londres, il est attentif.

- Christian ! Fais gaffe ! Reste concentré. Tu as quinze longues minutes à subir pour décrocher au moins un douze. Ne panique pas. Pense à respirer.

Son père, sur le point de partir, lui prodigue un dernier conseil.

- Si tu peux, l'Anglais, à la fin des autres sujets. C'est préférable. Essaie de passer en dernier. C'est moins risqué pour lire la réponse sur la paume de ta main si tu ne te souviens plus du texte ardu. D'après Martine, à la fin de la journée, les profs ont les yeux voilés à force d'avoir vu tant d'ignares, et les oreilles gravement détériorées après avoir enregistré tant d'inepties.

Il conclut avec un sourire canaille aux lèvres.

- Également ! Mon fils. Fais très attention à ne pas glisser quand tu te lèveras.

Le jour de l'oral, Christian applique scrupuleusement le plan. Cependant, il est anxieux, à cran. Un point non expliqué le gêne énormément. Comment peut-il piocher la bonne question. Un moyen qui ne fut jamais évoqué. Il n'y a pas pensé. « *On ne m'a pas tout dit.* » En proie à des doutes, il plonge une main hésitante dans le pot.

Une légère bousculade de la part d'un prof style Arsène Lupin renverse la prof d'anglais, furieuse. « Abruti ! » crie Christian. Il panique. Le douze envisagé, qui ne tient qu'à un fil, est sur le point de casser. Il ne s'estime pas être à la hauteur.

À deux doigts de craquer, il veut fuir.

« Piochez ! »

En tremblant, il prend le premier papier étalé, posé en évidence devant lui. La professeure, les yeux mauvais, entend le cœur de Christian battre comme une locomotive à vapeur. Enchantée, elle pense. « Encore un qui va se faire rétamer. Celui-là ! En beauté ! Je le sens. Je vibre. Je vais m'éclater ! » Tout en se frictionnant la poitrine.

Sacré papa ! *Francis Drake contre l'Invincible Armada.*

Son assurance retrouvée, il suit les instructions méticuleusement. Il pousse la table contre la prof. Elle ne réagit pas. Elle n'a pas encore décollé. Elle lèche le zéro qu'elle va lui plaquer. Il approche sa chaise le plus près, au point que les genoux se cognent. Terrorisée au contact du jeune homme à la stature physique impressionnante, Louche est vite intriguée et émoustillée. Il lui rappelle quelqu'un.

Soudain ! Christian gonfle ses pectoraux musclés en rugissant comme un puma romantique.

La vue et l'esprit brouillés, elle se remémore avec béatitude *Le dialogue des Carmélites*. La seule fois de sa vie givrée où elle manifesta son plaisir extatique à pleins poumons sans se retenir pendant toute la séance privée. Le fameux cri primal si bien enfoui dans son plus profond. Troublée, la gourde savante s'imaginait ce soir-là la plus désirable de Nice.

« Une salle exclusivement réservée à l'élite. Deux gens aussi cultivés que nous. Il adorait Bernanos. »

Au tour de Christian de marcher victorieusement sur les pas du père. Après ceux d'Einstein.

Le moral gonflé à bloc, le vilain fripon glisse une main onctueuse sur l'énorme cuisse dégoulinante de cellulite. Sur le point de gerber, il réalise l'immense sacrifice de son père. Il doit absolument être à la hauteur. Il atteint très vite le clitoris. Elle frissonne. « Oh ! Que sa grande main ferme est délicate. Pas comme l'autre, légèrement râpeuse. »

Christian déclame le texte calmement en sur-articulant sur un air mélodieux de Sonny and Cher, *I got you babe.*

« Djéne-tle-mène ! » « Good ! » prononce-t-elle ce mot avec une douceur infinie qui laisse entrevoir d'autres délices. « Zère ize taille-me », en montant d'un ton comme dans la chanson, tout en faisant circuler sa main coquine ainsi que l'a suggéré papa. « Mon fils ! Le mouvement *slow sex,* avec doigté ! » « I feel Goood ! » Louche, en remuant ses bras, est une fan de James Brown. Christian se redresse. Il prononce distinctement « Tou finiche aour guèille-me. » Une déclaration dans le rythme, émise avec langueur en même temps qu'une légère pénétration amoureuse s'active avec le regard d'un con énamouré selon la chaude recommandation de papa. « TOO GOOOD ! » chantonne-t-elle, les yeux en vrille, tout en remuant son bas-ventre comme les danseuses Orientales. À cet instant précis, Christian braille, au point de péter ses cordes vocales, avant d'enfoncer le plus profondément son doigt, « Un-de bitte, » Louche, deux yeux révulsés, le corps en folie comme une toupie débridée, laisse éclater sa joie : « VERY VERY GOOOOD ! »

Puis, avec le doigt exclusif entrain de remonter jusqu'à sa gorge, une phrase tonne :

« Ze Spaniares tou. »

Suivie d'une réponse explosive :

« PERFECT ! TWENTY ! TWENTY ! »

« What a fucking nice day ! »

La teacher a carrément pété les plombs.

Toute la salle, ébahie, applaudit Christian pour son légendaire et inoubliable **TWENTY** !

Le super génie des langues étrangères sorti du réputé Lycée du Parc Impérial.

Il précède le crack de la raquette.

Louche, le visage illuminé, la langue et la bouche baveuses, avachie sur sa chaise, les cuisses écartées, encore flageollantes de désir, délire.

« Plus phénoménal que l'autre ! Incroyable ! »

L'inondation vaginale est enfin élucidée.

Gave ! Une marque de fabrique à breveter.

* *
*

Ce mardi-là, la Siesta connaît l'affluence d'un samedi soir. Vers 22 h 30, toutes les Terminales du Parc Impérial, les bacheliers chanceux d'autres lycées de Nice, présents au Lycée Massena à l'œuvre la plus achevée d'un oral du BAC depuis sa création ainsi que des diplômés de Cannes jusqu'à Menton, sans oublier l'arrière pays, constituent une haie d'honneur à l'arrivée triomphale de King Christian.

Le redoublant, que la bande continuera à nommer *Le Redoublant,* a mis au point un claquement des mains original avec les plus dégourdis de sa classe et d'autres Terminales durant l'après-midi, tant ils étaient persuadés du succès de Christian.

Le père du *Redoublant* est un bon ami de Maurice.

Tous, le visage épanoui, lèvent les bras alertes en même temps, avant de frapper en rythme dans les mains en accélérant, pendant quelques secondes, en scandant :

« What a fucking nice day ! »

Go Go Go TWENTY ! TWENTY !

Ils baissent les bras. Ils reprennent de plus belle, avec plus de vigueur et d'assurance, avec les habitués de la boite et des touristes qui les rejoignent dont le célèbre empereur du microsillon.

« What a fucking nice day ! »

Go Go Go TWENTY ! TWENTY !

Ils se souviendront longtemps de la soirée culte. Ainsi qu'Eddie Barclay et la jolie brune, Michelle Demazures, sa cinquième femme.

L'homme au cigare, créateur des Nuits Blanches à Saint-Tropez, est vraiment un véritable boute-en-train et un grand dénicheur de talents.

Il a remarqué chez Jacques un don d'acteur et chez Christian un flair exceptionnel.

David, Jacques et Patrick, la garde rapprochée, Christine, Marie-José, Jeannie, ses compagnes du théâtre, Anne-Marie qui a le béguin pour David qui le lui rend bien, Évelyne, Françoise la lanceuse de javelot accompagnée d'une demoiselle canon de Terminale A, entament à tour de rôle des rocks endiablés.

Tous ensembles ! Ils s'agitent, ils s'éclatent.

Tous ensembles ! Ils dansent, ils flirtent.

Les diplômés et bien d'autres évacuent la salle, les mains sur les épaules, en chantant joyeusement à tue-tête. Ils se dirigent au bord de la mer, excités.

Ils retournent, trempés, dans l'antre monumental de la fête, au son extraordinaire et entraînant du tube de l'année.

Young man there's no need to feel down
I said young man pick yourself off the ground
It's fun to stay at the Y.M.C.A.
Y.M.C.A.

It's fun too to stay at the SIESTA

100

10

Le BAC obtenu avec fracas, Christian suit la recommandation amicale de Dominique. Il persuade ses amis de profiter de la vie mouvementée de GO, un actif Gentil Organisateur au Club Med, pendant les deux mois de vacances, avant d'entreprendre les études instructives qui les mèneront vers la gloire.

À Sant'Ambroggio, près de l'Ile Rousse, la ville fétiche de Pascal Paoli considéré comme le père de la patrie Corse, Georges Begou, le Chef du Village, un ex-prof déçu de l'enseignement, est catastrophé par les tuiles en cascade.

Popaul le guignol de l'animation, vient de se faire opérer de l'appendice. Tout en vérifiant des factures, Georges écoute d'une oreille distraite David raconter ses truculentes blagues juives d'Europe Centrale, combinées à celles d'Afrique du Nord. Le regard affamé du postulant est constamment tourné vers l'immense table de desserts variés, à profusion. David, en manque, cesse de débiter ses plaisanteries. Il lui tance avec des yeux gourmands. « C'est vraiment comme l'écrit la pub ? À volonté ! »

Un hochement affirmatif de la tête du boss le débloque. « Je peux ? Vraiment ! Des remontants ! Vite ! Vite ! Sinon je tombe dans les pommes. »

David s'écroule. Il rampe comme un crabe vorace en poussant des cris de détresse jusqu'au buffet en agonisant. Il s'agrippe désespérément à la longue planche et se redresse avec difficulté. Il débute avec une tarte aux fruits, teste l'éclair au café, dévore un mille feuilles, puis un second, et liquide le grand bol de mousse au chocolat. Il avale la bouteille de jus de fruits frais et rote longuement. La grande classe !

Avec un sourire lionesque apaisé, large jusqu'à l'extrémité de ses oreilles, il regarde les GM, les Gentils Monnayeurs, étonnés. Il les zoome bien. Il remue lestement son corps, tape des mains et crie :

« What a fucking nice day ! »

« Go Go Go Twenty ! Twenty ! »

Histériques, sans comprendre, ils scandent :

« What a fucking nice day ! »

« Go Go Go Twenty ! Twenty ! »

Tellement ils sont galvanisés et ensorcelés par cet animateur hors pair.

Jusqu'à début septembre, le slogan iconique remplacera le banal *Bon appétit* ! Georges est conquis.

« Il est encore plus tonique que Lagaf. »

La galère continue. Le responsable des Arts, un apatride Hongrois au visage illuminé, vient de décrocher un contrat de décorateur au studio de la Victorine à Nice. Il doit saisir l'opportunité.

Patrick dessine à la perfection un bateau avec le drapeau Corse orné d'un petit motif discret.

Georges fixe au plus près le croquis. Il sursaute.

« Incroyable ! Plus barjo qu'Attila. Le Hongrois peint les seins des femmes en tripotant longuement les mamelons et en déclamant avec son accent qui les fait fondre : *Mes belles ! N'oubliez surtout pas de sourire pour avoir une poitrine gagnante et heureuse*. La grande carcasse aux yeux de gynéco se spécialise dans le vagin. Un super ! Il faut juste le surveiller. »

Sa tension commence à baisser.

Sur chaque poitrine croquée avec grâce, Patrick ajoute chaque fois sur le sein gauche son fameux logo. Un jour, une GM est intriguée. En admirant ses deux seins bombés colorés en face du miroir…

- Mais c'est… « Pas du tout ! Ma signature. »

- Coquin ! Sais-tu que le mien est très beau ?

Elle devient sa première et unique muse. Le lendemain, le grand échalas courbé et complexé est métamorphosé. Chantal Belpomme, la clé providentielle lubrifiée de l'assemblage, sera sa fidèle assistante efficace à l'Étude Notariale durant toute leur vie, toujours disponible pour combler les fantasmes à rebondissements multiples de Patrick et des siens. Ils ont encore en mémoire le slogan de mai 68. *L'imagination au Pouvoir*.

Georges, un fervent passionné de théâtre, est en colère. Il a adapté le roman d'Alexandre Dumas, *Le collier de la Reine*. Il fait répéter le rôle principal pendant plus d'un mois au GO peu talentueux qui encaisse mal les conseils éclairés.

Sur un coup de tête, il rompt son contrat de saisonnier et retourne vivre à Maubeuge. Il y a tant de choses exaltantes à voir dans cette ville. Particulièrement en début de soirée.

Jacques déclame, avec fougue, un extrait de *Boing Boing*. Georges Bégou, emballé, détecte immédiatement chez le jeune homme un talent hors pair.

- On répète ma pièce cet après-midi. Tu montes sur les planches dès ce soir. T'es classé 15 ? Pourrais-tu assister notre GO tennis Mao le boat people. Depuis son arrivée il prétend s'être luxé l'épaule et que le revers slicé augmente l'inflammation du coude. Mis à part ce problème physique imaginaire, notre futur énarque est un excellent théoricien.

Pour sa dernière déveine Georges est moins angoissé. Le sauvage indépendant n'est pas un grand fana de la découverte d'un pays en circuits organisés bien planifiés. Il manque l'essentiel, le contact direct avec la population.

Cependant, il doit assurer la bonne gestion du Village et plaire à la clientèle curieuse de découvrir une si belle île. L'accompagnateur principal excursions vient de se faire une triple fracture du péroné. Georges remet le guide Bleu à Christian.

- Potasse ! Demain, tu fais le circuit de la Corse en six nuits. Heureusement, Jean, le chauffeur des cars Mariani est aguerri. Laisse-le faire. Écoute-le.

Les quatre sont heureux. Cinq minutes plus tard, ils entonnent la chanson fétiche du Club.

« *Sant'Ambroggio, c'est le plus chouette, c'est le plus beau, c'est le plus sympa village de Corse. Ya du soleil, ya des nanas. Ya d'la joie, ya d'la bonne bouffe. Si tu vas à Sant'Ambroggio, tu retourneras à Sant'Ambroggio.* »

Un texte original de Georges Bégou, le futur responsable du service culturel du journal télévisé de France 2, après sa période frénétique au Club Med.

Oui ! Le Club mène à tout.

Le lendemain matin, très tôt, Christian, impressionné, monte d'un pas hésitant dans le bus rutilant. Un SETRA ultra luxueux, avec air conditionné, pouvant accueillir confortablement les 44 GM. Il est embarrassé. Il ne connaît pas la Corse. Il doit se fier au chauffeur.

Le contact est rapidement établi avec Jean, un beau et athlétique spécimen Corse au visage bronzé dans la pleine force de l'âge.

- Petit ! Appelle-moi Jeannot.

Le *Petit* est intimidé. Il bredouille une phrase puis, aucun mot ne sort de sa bouche.

- Oh ! La belle blonde si ronde. C'est toi qui mets Christian dans tous ces états ?

Jeannot, en fin connaisseur, a tout de suite remarqué le béguin que portait Mauricette, une sexy demoiselle, coiffeuse à Châteauroux, à Christian.

Au passage, il vise la croustillante rousse, une femme divorcée en recherche d'affection. Un rapide clin d'œil scelle l'affaire. « *Une très belle soirée en perspective.* » Songe Jeannot, l'œil goguenard, en roulant des épaules. Le chauffeur se lève de son siège. Il se redresse avec majesté. Il leur adresse le spécial, un sourire Corsique divin. Avec une voix à faire chavirer les dernières indécises, il se présente.

- Je suis Jeannot, votre fidèle serviteur, 24 h sur 24, pour vous faire découvrir et aimer la Corse, mon beau pays. Voici Christian, votre guide, le doux géant qui prend bien soin de vous. Un Niçois enthousiaste et passionné qui connait et respire mieux la Corse qu'un Corse.

Deux heures plus tard, le bus fait une halte dans un petit village pittoresque. Jeannot lui souffle deux mots à l'oreille. « Dis-leur d'aller dans ce café. Pas celui d'en face. Je t'expliquerai plus tard. Improvise n'importe quelle suggestion plausible. »

Christian pense aux familles Corses qui se chamaillent encore, cent ans plus tard, pour des histoires de fesses. Évitons un grabuge dès le premier jour. Il se souvient de l'Octopussy de la rue Meyerbeer où Domique l'avait invité pendant sa semaine de découverte du travail. Il s'était régalé avec les plats Corses au point d'y retourner avec ses parents.

- Ici ! Mes amis. Vous dégustez la vraie coppa Corse à un prix compétitif. Conseille Christian avec la chaude voix de Jean-Pierre Foucault sur RMC.

- Excellent ! Tu promets.

Les quarante-quatre curieux ont bu, consommé, dévalisé le rayon de coppa et de lonzo.

En fin d'après-midi, le car stoppe à Porto, célèbre pour son coucher de soleil. Juste avant de libérer les touristes de fort bonne humeur, Jean lui chuchote à nouveau à l'oreille, quelques utiles conseils à transmettre. « Que des conflits permanents de voisinage qui remontent à la surface ! Une vraie poudrière ! Cette île. » S'inquiète Christian.

Bien conditionnés, plusieurs décident de faire un tour en barque ou en pédalo, d'autres s'attablent au bar fleuri où on s'emplit le mieux les poumons de l'air parfumé et vivifiant de la Corse. Un GM, un éminent expert en économie dans le sérieux journal Les Échos, s'extasie.

- Christian maîtrise vraiment son sujet.

Avant d'aller dîner, Jeannot se rend discrètement dans la chambre de Christian. On le prendrait pour un bandit Corse détalant dans les maquis impénétrables. Avec un regard bienveillant, il lui remet des billets de banque et quelques pièces de monnaie.

- Qu'est-ce que j'ai fait pour mériter cet argent ? Interroge Christian, super étonné.

Jean sourit.

- Petit ! Tu as recommandé le café, un tour en barque et le meilleur air naturel. Les commerçants, reconnaissants et heureux, te récompensent. C'est Normal ! Tu boostes notre économie locale.

Pendant tout le circuit, Christian perçoit sa commission. Le magasin de souvenirs, le bar où on chante tous, en chœur, *O Catarinetta bella !* Tchi-tchi et d'autres endroits où le portefeuille contribue au confort matériel des Corses. Sans oublier les bouteilles de Patrimonio qu'il partage avec ses copains et quelques désirables Gentilles Monnayeuses, enchantées de déguster les langoustes fraîches prises en douce au fin fond de la mer par Gilles, le GO maître nageur, pour animer des soirées musicales intimes sur la plage, juste après le grand spectacle et la danse des contacts.

Plus il écoute Jeannot, plus lui et les GM avalent avec délices les aventures extraordinaires du hardi baroudeur aux quatre coins du globe. « Si vous saviez, les amis, j'ai bourlingué partout. J'ai fait le tour du monde. Un jour, on a pris le Napoléon pour accompagner mon père à l'hôpital de la Timone à Marseille. J'ai séjourné longtemps à Berlin. Oui ! À Berlin Ouest, pendant mon service militaire. Je suis même passé en cachette à l'Est. Un autre monde ! Croyez-moi. Ça craint et ils crèvent de faim. »

Peu de temps avant l'arrivée au village, attendu par l'orchestre du village comme s'ils avaient fait une expédition sur la lune, deux enfants remettent un flacon de parfum pour la femme de Jeannot, le Maurice serviable de Calvi. Jean aime sa femme – il l'a assez répété pour dissuader certaines - mais il est trop galant pour refuser de donner un instant de plaisir magique à d'autres créatures aguichantes.

Puis, en se rapprochant de Christian, l'un deux, le fils dégourdi d'Albert, le juge Belge, lui prend gentiment le micro et interroge les aventuriers.

- Connaissez-vous la différence entre Christian et un Corse ? Les touristes sont perplexes… Il n'y en a pas. Tous les deux sont fainéants. Ils avaient tant apprécié la blague sur les courageux travailleurs essayeurs de chaises longues à l'usine de Bastia.

Les fous rires disparus, ils offrent des livres pour Christian dont Colomba de Mérimée, le beau roman qui permit à la France, étonnée, de découvrir l'atmosphère Corse et une histoire de *vendetta*.

Jean, en chauffeur bien rôdé est habitué. Il imagine d'avance l'expression de son *Petit*. Christian bondit lorsqu'il découvre une enveloppe accrochée à un des bouquins. Son ami Dominique de Nice, en vacances chez sa famille à Calvi, l'avait bien décrit. Un gars bon, généreux, coopératif, l'esprit positif, avec une pensée en accord avec ses actions, comme son père, son grand-père…

- Jean ! Extra le boulot de GO excursions. De 600 francs/mois (90 euros), nourri et logé. Tu réussis à te faire le triple.

- Christian ! Tu t'es défoncé pour eux. Toujours dans la bonne humeur et en parfait gentleman pour porter les deux valises lourdes de la marchande de fleurs de Coulommiers, sans jamais rechigner. Ils te sont reconnaissants de leurs permettre de s'éclater. Sais-tu ? Ils sont nombreux à avoir pris un crédit pour se taper deux semaines de bonheur, loin des tracas et des soucis de la vie quotidienne. Tu ne les as point déçus. Tu les as faits aimer mon île.

Pendant la semaine supplémentaire au village, Mauricette lave et repasse consciencieusement les vêtements de Christian qui se fait offrir les apéros par les GM emballés par leur tour de Corse.

Son collier-bar sert surtout à remplir les verres vides de ses amis.

Heureux, les quatre Niçois découvrent les bienfaits de la sieste Corse.

À la fin de son séjour, Christian fera son rapport à Dominique. Le *Petit* a pigé comment exercer, au mieux, son métier d'Agent Immobilier avec tous les autres profits qui s'y accolent.

11

Pendant que Christian accomplit son stage d'accompagnateurs excursions à Sant'Ambroggio avec succès, Maurice retrouve au *Du Gésu*, un bon restaurant dans le Vieux Nice, le clan Corse : Adrien Battisti, le doyen de la fac de Droit de Nice, François le toubib, son grand frère intrépide, et Dominique, de retour à Nice, le cador de la noble profession qui a permis à Christian de se révéler.

Adrien, très ému, rencontre Maurice pour la première fois. Il a encore en tête la montagne qui n'avait écouté que son instinct et son cœur plutôt que la raison pour mettre en déroute les *salauds*.

Il ne l'imaginait pas aussi impressionnant et bon en même temps. Dès le succès retentissant de Christian à l'oral du BAC, avec mention AB, il veut respecter sa promesse faite à son frère.

« *Grâce à toi... Cette nuit-là, tu lui as épargné... Chez nous ! C'est une question d'honneur.* »

En levant tellement la tête qu'il est à deux doigts de casser son cou, Adrien, les yeux humides, exprime sa vive gratitude envers le géant.

- Maurice ! Sans votre intervention, Léon, aujourd'hui comme un frère pour moi, je l'aurai perdu et je sombrais dans la honte. Grâce à vous, j'ai retrouvé la dignité et l'honneur.

- Adrien ! On peut se tutoyer.

- Oublions les notes à l'écrit ! La manière dont il a obtenu son BAC à l'oral prouve qu'il a toutes les aptitudes pour trouver le bien idéal correspondant à chaque client. Il ne fera que du sur-mesure.

Un Agent Immobilier n'est pas un avocat ni un juge. Dans cette profession, seule la culture de l'efficacité orientée vers le client importe le plus.

À part la vérification des titres de propriétés lors de la rédaction d'un mandat de vente pour être certain que le logement appartienne bien au vendeur, les écrits ont moins d'importance dans la profession. Dominique, un professionnel tatillon et minutieux, évite de commettre une telle sottise. Christian marchera sur ses traces.

Les Notaires Niçois, des grands investigateurs précis, compétents et vigilants, vous assistent avec dévouement. Ils sont, eux aussi, les plus qualifiés et les meilleurs de France.

Avec une voix plus grave, Adrien poursuit.

- Exceptionnellement, je fais une très légère modification à la définition du Droit. Je la rends plus malléable, plus humaine, plus charitable.

- Le Droit ne sert pas qu'à protéger le riche et le puissant, à permettre à un avocat tordu bien payé par son client ou par une mairie, à remplir dans un mémoire en défense un maximum d'inepties et de mensonges. Sa fonction première, essentielle, c'est d'encourager et de concrétiser le rêve de Christian.

Pour exercer sa noble mission comme s'il entrait en *religion* avec un désintérêt total à l'instar de tous les Agents Immobiliers Niçois dont notre ami Dominique est le fer de lance, Christian obtiendra la licence en Droit afin que la Préfecture lui délivre la carte professionnelle d'Agent Immobilier avec la mention spéciale : bilingue.

Adrien, heureux, se lève et s'exclame.

- *Inde nao* ! Mes Chers amis, *it ize tailleme tou itte* ze *goude foude* de notre ami Nicolas.

* *
*

Christian décrochera la licence trois ans plus tard. Il a particulièrent suivi avec intérêt les cours sur l'Immobilier de Bernard Asso. Il est pointu.

Il exercera son métier avec brio pendant plus de quarante et un ans dans un vaste local à la rue de la Buffa, acquis pour une bouchée de pain grâce à Robert Balaie, l'élégant huissier cavaleur fringant et humaniste de Nice, membre du Lions Club, un ami de Dominique. Les deux noceurs invétérés, juste après l'inauguration en grande pompe de l'Agence Gave, termineront la soirée avec Christian, ses parents, ses trois amis et Natacha la Comtesse, chez Ryssack, le restaurant russe qui fait épicerie au rez-de-chaussée, jouxtant l'Agence Immobilière Gave. Les zakouskis sont délicieux. La vodka coule à flot.

David passera facilement en quatrième année de *médécine*. Il a réussi sa première année dès la première tentative. Hélène, sa mère, reste persuadée qu'il deviendra un grand *médécin* spécialisé.

Jacques, le fantôme élégant de l'école de Luminy, hantera parfois la classe des étudiants de quatrième année d'Architecture pour apparaître en chair et en os dans une comédie jouée dans une petite salle de théâtre à Marseille.

Sans bénéficier d'aucun passe-droit, Patrick deviendra un Notaire loyal, certes, un peu original.
Chantal, la resplendissante jouisseuse drôle et délurée aux formes généreuses, l'a complètement déridé. Elle envisage d'écrire un livre érotique choc sur le vagin et, chaque fois qu'elle se brosse les dents, songe à poser sa candidature pour le poste prestigieux de Maire de Nice.
NICE ! *En Mobilité* !

12

Quelques mois avant l'inauguration bien arrosée de l'Agence, la famille Gave célèbre la licence en Droit à la reputée et animée plage du Castel, tenu avec un art incomparable par le dynamique Ali.

Les Gave sont surpris de retrouver dans le resto festif si proche de la vieille ville Patrick, Jacques, David et leurs parents.

Les garçons font des pieds et des mains pour obtenir gain de cause. « Fêtons ensemble autour d'une grande table le diplôme de Christian ! » Les parents de David et de Jacques, ravis, acceptent de bon cœur, ceux de Patrick hésitent. « Toujours routiniers et méfiants ! » Ronchonne Patrick.

L'ambiance tiède se dissipe rapidement avec l'appoint des cocktails et des amuse-bouches originaux. Les mères, élégantes dans leur belle robe fluide d'été, cessent de se comparer. Coquettes un jour ! Coquettes pour toujours ! Satisfaites, elles constatent avec plaisir les regards enviés des femmes, en extase devant les modèles raffinés de Luis Mari, Sabrina ou Tiktiner. Des marques de créatrices Niçoises appréciées en France et ailleurs. Maurice, en fin connaisseur, reconnaît avec des pensées érotiques le 5 de Chanel, le *Shalimar* de Guerlain et, bien entendu, celui de sa désirée.

« Ma chérie a forcé ce soir avec *Eau* de Dior »

Hélène, une des quatre mères inscrites au concours : *Un garçon presque parfait*, créé et organisé par la station Azur TV, est la première à ouvrir à fond le robinet de compliments.

- David ! J'en suis certaine, deviendra un grand *médécin* spécialiste. Enrico, d'habitude si expansif, fait profil bas. Il se souvient. La voix lapidaire du brave Moïse Benchidur tinte dans son cerveau.

Debout, la coupe de champagne bien relevée, Véra, la mère de Jacques aussi spectaculaire que Mado la Niçoise, déclame.

- Mes très grands amis ! Le mien construira un complexe luxueux bien plus Hollywoodien que la résidence des Belles Terres. Roméo s'écroule de la chaise pourtant très confortable.

Pendant une réunion de travail à la mairie de Nice sur la vision de l'urbanisme de la Ville dans vingt ans, Rimoti senior s'arrange avec le paternaliste Jacques Médecin pour le projet de création du poste d'Architecte des cimetières. Le bon maire flambeur comprend vite ses intérêts. « Jacques aura besoin d'une secrétaire. La fille de Madame Lætitia Paoli, au chômage, me remerciera en glissant son bulletin de vote dans l'urne. » Le coureur de jupons affiche son célèbre rire gouailleur et lui répond positivement. « Aucun problème ! T'as déjà vu un macchabée voter ? »

Effets de contagion, de l'apéritif ou bien les deux réunis ? Marie-Ange, le visage pourpre, renchérit.

- Patrick-Marie ! Il sera le prochain Président de la Chambre des Notaires. Paul-Marie, le père, avale de travers son Glenfiddish. « Si elle mirait mieux les tableaux ! Il faudra que je lui trouve un bureau rien que pour lui et sa sangsue. À l'abri des regards. »

Christian garde en mémoire la conversation âpre et tendue avec ses parents, six ans auparavant, qui le turlupine depuis.

Son père suggère une idée originale. Représentant exclusif en lingerie féminine. Claudette explose de rage. Jamais ! Pourquoi ? Maman. Elle rougit. Elle botte en touche. Très loin. Obtiens ta licence en Droit. Promis. J'te l'expliquerai.

Le soir du BAC, à la soirée monumentale à la Siesta, il avait touché deux mots en aparté à ses trois amis euphoriques.

ON NE LUI DIT PAS TOUT

Voilà la raison exacte d'une rencontre surprise pas si fortuite et la conséquence d'une grande table assemblée en un temps record avec le concours bienveillant d'Ali.

- Christian ! Connaissant bien ton père, si Claudette a explosé de colère au mot *Lingerie*, nous allons nous éclater ! Ali se frotte les mains. Ses yeux futés ressemblent à un feu d'artifice. Oooh ! Mon ami. Je salive à l'avance.

L'organisateur, redevenu sérieux, explique.

- Laisse-moi faire. Je place quatre tables réservées en vos noms dans le coin de la salle, le plus près possible de la mer. Un jeu d'enfants pour les regrouper. Le soir, mon ami, c'est plus romantique. Tu prends une bière ? J'te l'offre.

Maurice n'est pas dupe. Il connait l'efficacité légendaire d'Ali. Mais là ! L'agencement fut trop vite exécuté. Il a remarqué la hâte calculée de ses trois potes. Le fils a mijoté quelque chose. « Quoi ? »

Maurice a beau chercher, creuser et retourner, il ne trouve pas ; même en se grattant la tête lavée abondamment au shampoing DOP deux heures auparavant à l'eau froide. Claudette a siphonné toute l'eau chaude du chauffe-eau en chantant dans le ton un succès de Sylvie Vartan.

Ce soir, je serai la plus belle pour aller fêter la licence en Droit de mon fils.

« À sa place, j'attendrai la fin des gourmandises et la dernière coupe de champagne absorbée. Si la nouvelle gâche l'ambiance, on aura au moins bien mangé et bien bu. »

Christian possède-t-il une antenne ?

Il attend calmement que la mère de David, le moulin à paroles, termine goulument la dernière bouchée de sa délicieuse pêche melba. Les trois compères piaffent d'impatience. Ne tenant plus en place, ils lui font un clin d'œil insistant. Christian lève le pouce, il pose la question qui le taraude depuis si longtemps dans quelques secondes.

Maurice, aux aguets, rusé comme un diplomate anglais flegmatique, les surprend.

Tilt !

Sa mémoire, aussi bien programmé qu'un Bull poussif un peu long à se mettre en route, vient d'assembler tous les éléments du puzzle. Il a résolu l'énigme. « Une bouillante colère s'était emparée d'elle. Oh ! Qu'elle était en furie. »

Son fils accomplit un sans faute jusqu'à présent. Il laisse la très loquace Hélène finir son dessert.

Christian tape plusieurs fois sa main sur la table avec un regard circulaire. Il pivote lentement sa tête afin de mieux capter l'attention de tous les protagonistes. Les clameurs s'amenuisent petit à petit pour finir par disparaître y compris à celles des trois tables voisines. Il ne demande pas tant. Il se redresse, marque un temps d'arrêt pour faire monter la tension. Il plonge son regard candide dans celui de sa mère, ouvre la bouche puis la referme aussitôt afin d'éveiller la curiosité, en se tenant bien droit.

Il s'adresse respectueusement à sa mère.

En ce moment, il applique à la perfection les leçons ludiques de Maurice sur la science de la vie.

« Les affaires se traitent avec la même envie que lors d'une rencontre surprise avec une beauté. D'abord, tu converses avec le sourire Gibbs. Plus ouverte et décontractée la bouche ! Puis, sans trop se précipiter, mais avec une sincère conviction, tu complimentes en jeune premier romantique attentionné en t'inspirant de Jean Gabin avec Michèle Morgan dans le film culte *Le Quai des brumes* : « T'as d'beaux yeux, tu sais. » La fable bien avalée, tu conclus avec panache. Les préliminaires ! Note-le bien, mon fils. Très important ! C'est toute la différence entre un homme digne et un cosaque fourbe. »

La mémoire se transmet chez les Gave.

- Maman ! Avec un trémolo dans la voix et des yeux brillants d'admiration. Ma chère maman.

« Il démarre fort ! » Pense le père.

- Aurais-je eu mon BAC avec mention Assez Bien sans ton aide précieuse ? La mère tressaille.

Christian poursuit posément sa quête impatiente de la vérité sans affoler le compte-tours.

- Oui ! Chère maman. Avec une voix douce.

- Sans ta persévérance maternelle ?

Ses deux belles mains énormes se dirigent avec délicatesse vers sa mère, en larmes. Le mascara bio noircit son visage d'ange.

« Mon fils est reconnaissant. »

- Sans tous les sacrifices que tu as faits pour moi. Ton fils. Toi qui m'as soutenu dans les pires moments. Ma chère maman.

« Notre trublion lui en a fait voir de toutes les couleurs. » murmure Maurice.

Pendant que deux bras vigoureux l'étreignent tendrement, Christian prononce avec une gravité passionnelle les mots les plus affectionnés qu'une mère souhaiterait entendre durant toute sa longue vie en provenance de son enfant exceptionnel.

- Maman ! Je t'aime énormément. Je te remercie pour tes efforts. Ta foi et ton acharnement ont permis d'obtenir ma licence en Droit.

Elle fond à nouveau en pleurs pendant que son mari, plié en deux, siffle une chanson drôle des Charlots. *Merci Adrien Merci Adrien.*

Soudain ! Elle s'inquiète.

Trop tard !

- Maman ! Adorable maman.

« Cette fois-ci, elle se rend compte qu'il l'a piégée. De quoi ? Elle cherche encore comme Lacolle, la prof de philo. » Approuve Maurice qui remue les mains en direction de son fils pour lui signifier.

« C'est le moment ! Lâche le morceau ! »

- Maman ! En prenant un air étonné.

- Pourquoi refusais-tu que je sois représentant en lingerie féminine si j'avais raté le BAC ? Le métier est-il si compliqué ?

Les trois copains sont aux anges. Personne n'est au courant de ce fait. Mais, connaissant la réputation de Maurice, ils sont curieux d'entendre la suite.

La mère tressaute. Son pouls s'accélère. Les yeux baissés, les épaules affaissées, elle vit un cauchemar. Elle évite les regards circonspects en rougissant de honte. Que pensent les parents des amis de son fils. Elle se sent sale et coupable. Son visage, livide, renforce la suspicion des convives.

Un silence pesant s'abat sur la table. Toutes et tous, muets, la regardent fixement.

Surprenant ! La bigote Marie-Ange Delagorge, l'épouse pudique du notaire rigide, la Présidente des femmes et des filles en détresse, abonnée à la messe de sept heures, vole à son secours. Elle est certaine. Claudette a fauté.

- Qui n'a jamais péché lève la main !

Patrick, mal à l'aise, ne s'emballe plus. Lui qui pensait apprendre de nouveaux exploits, il découvre que Claudette, celle qui l'accueillait si chaleureusement les dimanches, aurait eu un moment de faiblesse. Sa mère, à la réputation de grande experte des relations conjugales, aurait, en plus, un ressenti aussi infaillible que celui de Caroline Penaude, la bonne amie d'enfance de Marie-Ange.

Patrick est peiné. Ses parents rendent la fin de la soirée aussi triste et sans chaleur que dans celle de leur vaste maison sans vie. Pire ! Suspicieuse.

L'assemblée est consternée.

Enrico intervient.

- Po po po ! Allons donc !

À cet instant précis, le majestueux Maurice, élégant et détonnant dans sa veste à carreaux en coton Madras similaire à celle de son fils, entre en scène.

Avec une légèreté inimaginable, il enlace la main de son épouse encore plus affectueusement que Clark Gable dans *Autant en emporte le vent*.

Une première qui donne des frissons à plusieurs demoiselles romantiques présentes ce soir.

Debout, le massif double-mètre contemple sa femme avec des yeux de biche. À genoux, une rose rouge dans la main droite, il lui déclare sa flamme publiquement avec des mots suaves et une voix profonde, au point de faire chavirer la mémé à côté d'eux, qui se souvient de celle de son père Jean.

- Ma chérie ! Quand je te vis le premier soir, j'ai senti crépiter la fameuse étincelle. Aujourd'hui ! Encore, je t'aime d'un amour franc et désintéressé.

Les gracieuses ont le cœur qui bat la chamade.

Une, dont le mari surnommé *Grandes Cornes*, juge au Tribunal de Nice, qui a bien connu Maurice, le confime discrètement à sa voisine en rage. Elle n'a pas eu une telle chance : « *Chéri* ! Exclusif ! Réservé à Claudette uniquement. »

- Claudette ! Mon amour ! Tu narrais merveilleusement à Christian les aventures de Peter Pan. Fais plaisir à Madame Delagorge. Dévoile-lui toute la vérité sans rien omettre. Ses prêches sur les vertus du mariage seront plus percutants.

Claudette, la grâce sensuelle retrouvée, est motivée. Elle remettra à sa place *la puritaine.*

* *
*

- Nous venons juste de nous marier. La vie est difficile et le travail rare. Maurice décroche un emploi de magasinier aux Galeries Lafayette. Lui, si amoureux du ciel bleu Niçois, de la mer et des grands espaces, il passe ses journées monotones et routinières enfermé dans le sous-sol obscur à se morfondre, la figure blafarde. Il s'étiole. Un jour, la Directrice des Ventes de Gambade...

- Gambade ! S'exclame Véra, la mère exubérante de Jacques. Une marque fétiche sublime qui a sombré du jour au lendemain pour un très grave problème de gestion que les médias n'ont pas révélé.

- Gambade ! Un peu trop frivole, remarque perfidement Marie-Ange.

- Mes amies ! Je peux poursuivre ? Donc, afin d'appuyer la campagne nationale publicitaire, la Directrice des ventes, Lucette Charpentier, effectue son tour de France. Arrivée à Nice, déjà d'humeur massacrante, elle débarque sur le stand Gambade, furibonde. Aline, le cœur en vadrouille du côté du sable chaud de l'Italie vient de rater une vente, juste devant sa supérieure. « Nous n'avons plus le bonnet B. » Les tiroirs pratiquement vides, l'amoureuse a oublié de réassortir. Lucette la tance vertement. « J'ai pas pensé. » Avoue-t-elle, confuse. « Grande écervelée ! Incapable de gérer un stock. » Lucette Charpentier lui tend sèchement une fiche complétée par elle-même en criant. « Filez au dépôt ! Pressez-vous ! C'est le rush dans quinze minutes. »

- Les vendeuses se plaignent de ne pas gagner assez, mais elles bâclent le travail.

Marie-Ange a toujours eu l'esprit plus critique que miséricordieux.

- La pulpeuse vendeuse menue se précipite dans la réserve située au sous-sol. Avec cinq grands cartons, trop lourds et trop volumineux pour être transportés en un seul trajet, elle tombe et se tord douloureusement la cheville. En désespoir, Aline explique à Maurice. « Si les paquets ne sont pas apportés au stand immédiatement, je suis virée. Moi qui suis toute seule à élever mon enfant, avec une mère impotente à charge. Il y en a tant qui veulent prendre ma place. »

- La malheureuse, toute seule à prendre soin de son gosse et de sa chère maman incapable de se mouvoir, déplore Hélène avec une voix attristée.

Claudette compatit. Après la chute mortelle de son père d'un échafaudage mal fixé, sa mère, peu indemnisée, fut seule à s'occuper d'elle.

- Maurice n'est pas autorisé à se rendre dans les rayons. C'est une cause de renvoi. Mais vous le savez ! Maurice est très serviable. Il dépose la marchandise au stand Gambade après avoir traversé l'étage à la grande fureur du Chef de rayon, un petit morveux qui s'est fait rembarrer par Aline. « Monsieur Gave. Faute grave ! J'avertis la Direction. »

- Oh ! Quelques murmures de réprobation.

- Le Directeur du Personnel, chauve comme une bille, qui avait aussi des vues sur Aline, le renvoie.

- Punir pour un geste cavalier ? Quels gougeats !

- Véra ! Un règlement doit être respecté.

Paul-Marie hausse les épaules avec une mine fataliste. Il a l'impression que le ressenti de sa femme est aussi foireux que celui de sa copine Caroline Penaude. Demain, elle l'aura amère. Son gros Jules se débine avec une fervente adepte des plaisirs de l'existence terrestre.

- N'empêche, c'est un fumier.

- Tu as raison Jacques. Approuve Claudette.

- Cependant, notre frayeur fut de courte durée. La Directrice des ventes, l'œil exercé, note immédiatement comment mon géant dévoué, à la carrure svelte et impressionnante, attire le regard intéressé des femmes. À Nice, tout le monde le sait. Maurice est très affable. La légitime de *Grandes Cornes* pousse un cri d'approbation. « Oh ! Que oui. »

- Dès le lendemain, chez nous, la Lucette lui supplie de remplacer au pied levé une représentante démissionnaire. Elle s'est mise en ménage avec un restaurateur renommé de Rouen.

- Maurice ! T'es vraiment le plus fort ! Complimente Enrico pendant que David fait un baisemain galant à Claudette de plus en plus détendue pour le grand plaisir des tables voisines qui prêtent une oreille attentive au récit.

Autour d'eux, personne ne demande l'addition.

La grosse boule dans le ventre évacuée, Claudette enjolive les faits.

- Maurice empreinte la route Napoléon. Dans chaque ville, il travaille avec application et repart, heureux, avec un bon de commande bien garni. À Gap, la seule ville importante à la ronde, la patronne du magasin Roselyne, le sosie de Michèle Mercier, essaie *Le Tombeur*, un modèle à faire exploser les ventes d'après la styliste. « J'en ai conservé un en souvenir. » Les sirènes hurlent. Les habitants, particulièrement les derniers arrivés, paniquent. Un retraité de la gendarmerie, le visage aviné, les rassure. « Fausse alerte. C'est juste notre *Callas*. Elle a enfin retrouvé la tonalité en berne depuis six ans. » De quoi émoustiller les ardeurs de certains.

Des belles têtes au visage maquillé s'orientent vers la créature du désir. Une des cinq célibataires attablées à proximité prend une photo de Maurice en douce. Une autre de Christian en lui dessinant un vingt de la main. Claudette ne bronche pas. Grâce à certaines, Christian a obtenu son BAC.

- La tournée se poursuit avec succès. Les sirènes hurlent à chaque étape. Dit-elle avec une voix stridente tout en laissant échapper un gros pet libérateur au passage. Claudette, plus inhibée du tout, légère, enfonce la pédale de l'accélérateur.

- Tous les soirs, un exemplaire conservé, Maurice expédie le bon de commande soigneusement rempli. Fait-il du bon boulot ? Il le pense, mais comment peut-il le savoir. Il est inexpérimenté.

- Comme nous au Club Med ! Les quatre gars reprennent a cappella la chanson du Club.

« *Sant'Ambroggio, c'est le plus chouette, c'est le plus beau, c'est le plus sympa village de Corse. Ya du soleil, ya des nanas. Ya d'la joie, ya d'la bonne bouffe. Si tu vas à Sant'Ambroggio, tu retourneras à Sant'Ambroggio.* »

- À Troyes, Maurice se rend chez *Charnels*, une affaire florissante tenue par la timide Jacqueline et Paulette, sa grand-mère autoritaire. Cette dernière, pétrifiée, a son cœur qui fonctionne comme un roulement de tambour. « Jean ! C'est toi ? » « Non ! Maurice. Maurice Gave. Jean ! C'est mon père. »

Claudette imite l'étonnement de son mari avant de poursuivre en adoptant la posture adéquate.

« Jacqueline ! Prends la commande ! » Prononcé d'une voix ferme. « Mamie ! Tu m'abandonnes ? »

Panique-t-elle, désemparée. « Ma petite fille ! Dans peu de temps, tu dirigeras le magasin. Il est urgent que tu commences à prendre des initiatives. Débrouilles-toi ! Je te laisse entre de bonnes mains. »

Ali, de plus en plus captivé, offre une bouteille de champagne à la table de Christian. Le réservoir rempli, la voix bien remontée, Claudette poursuit les explications sur le périlleux métier à risques d'un représentant en lingerie féminine.

- Paulette quitte précipitamment la boutique et retrouve, avec le cœur qui bat la chamade, l'ami Macé au café, entrain de taper une partie de belote.

« Je fais un beau cadeau à Jacqueline, encore pucelle à trente ans. C'est le père tout craché. Elle aura goûté, au moins une fois dans la vie, la grande vibration. Elle se mariera enfin avec Gaston. Le brave la courtise depuis la maternelle avec autant d'insistance que mon adorable René auparavant. Quand je remplis mon devoir conjugal, je conserve l'image de Jean pour jouir de plaisir. Mon benêt de mari pense qu'il est l'homme de la situation. »

Marie-Ange, outrée, est sur le point d'ouvrir la bouche accusatrice quand Patrick et son père lui écrasent les deux pieds.

« Une coupe de champagne te soulagera. »

Claudette leurs montre son verre vide.

- Macé, incapable de marcher sans l'appoint du déambulateur ou des deux cannes adaptées, se lève miraculeusement et se dandine frénétiquement.

« Je veux voir mon ami Jean. » « Non ! C'est son fils. Il s'appelle Maurice. » « Tu laisses ta fille seule ? Tu es toquée ! » « Il est temps qu'elle se déniaise. » « Comme toi ! Avant. » Dit-il avec un cerveau qui commence à évacuer la gelée. « Il est vraiment comme Jean ? » Insiste Macé.

Une larme solitaire perle sur la joue de Macé. La véritable solidarité fraternelle était bien présente pendant les quatre années d'enfer.

« Puisque nous avons plus d'une heure à passer ensemble, je te révèle un secret gardé jusqu'à ce jour. Ma *Prunelle de Troyes* lui a bien sauvé la vie. Jean ! Plus d'une fois, il m'a arraché de la mort.

« Au Chemin des Dames, je pensais vraiment y rester définitivement. » « Ah ! Les maudits Allemands ! » « Non ! Paulette ! Pas les sales boches ! Un officier Français. Il voulait me fusiller pour rébellion. Jean avec son flair phénoménal et ses yeux d'aigle voit la balle du chleuh se précipiter droite vers ma tête. Il la baisse à la vitesse de l'éclair. La balle se niche dans le crâne de la vermine. J'ai conservé le secret comme si j'étais le coupable. Une erreur grave. *L'oubli est la pire des morts.* Nous devons signaler les exactions et les transmettre aux générations suivantes. Ah ! Mon cher Jean. Un cœur humaniste, gros comme ça, qui a toujours œuvré pour le bien des gens et le bonheur des femmes.

- Mon bon et généreux Macé ! Si Jean décède avant moi, je descends à Nice pour l'honorer. En lui tenant la main : Macé ! Viendrais-tu avec moi ?

- Jean ! C'est comme mon frère.

- Quelle aventure ! Mes amis. S'exclame Véra.

Subjuguée par la nouvelle version d'*Angélique, Marquise des anges,* la belle écrivaine décroche une grosse bise gourmande bien mouillée à Roméo sous le regard étonné de Marie-Ange.

À cet instant précis, la voix de Claudette devient plus grave. La salle, captivée, le note.

- Maurice, de retour à l'hôtel, lit le message, le cœur battant. « Rentre vite ! Jean a fait un malaise cardiaque. » Il a juste le temps d'échanger quelques mots avec Macé : « Je suis si content de vous avoir connu, mon tonton. » Tandis que la grand-mère de Jacqueline lui demande le bon de commande avec la copie pour en remplir un autre en consultant le catalogue. Bouleversé, il roule pendant toute la nuit. Il dévore le sandwich de la longueur d'une baguette préparé par le sympa proprio de l'hôtel, tout en descendant les deux bouteilles de rouge.

La salle et le personnel retiennent leur souffle. Ils écoutent respectueusement. Il se passe un instant suprême qui n'est pas prêt de se renouveler.

- Le lendemain vers midi, Maurice se rend directement à la clinique du Belvédère. Il baise longuement le front de son père, puis croise François Battisti, le bon docteur venu prendre des nouvelles.

Ah ! Le Corse. Il est de la famille.

« Maurice ! Jean est très mal en point. Ses poumons étaient si gravement endommagés à cause des quatre années sous les tranchées. Je ne lui donne pas plus d'une semaine. Inutile de prolonger sa vie artificiellement. Demain, Jean rentre à la maison et pourra parler à nouveau. »

Maurice, le cœur déchiré, tient fort la main fine de sa femme, accrochée à son homme.

- Pendant les huit jours qui défilent à la vitesse d'une fusée, Maurice reste près de son père. Jean a tant de souvenirs et d'espérances à raconter.

Les convives sont émus. Ils savent les liens forts qui unissent Maurice à son père. Claudette poursuit, d'un ton chagriné, les larmes aux yeux.

- Lucette, la Directrice des ventes, furieuse, licencie Maurice, sans préavis, pour faute grave.

- Une honte ! Une arbalète à la place d'un cœur. Fulmine Paul-Marie, d'un ton outragé.

Une première ! Paul-Marie, indigné, a laissé sa rigidité et son caractère ombrageux au vestiaire.

Un rappel ! Marie-Ange prend affectueusement la main du Notaire et partage pleinement son avis. Patrick, reconnaissant et ému, enfin à l'aise auprès de ses parents, regarde fièrement ses trois bons amis qui s'empressent de partager sa joie.

Claudette remarque de suite le brusque changement bénéfique. « Serait-elle moins *rigoriste* qu'elle ne le laisse pourtant apparaître ? »

- En fin de semaine, Jean, une grande main magnifique cramponnée dans celle, agitée, de Marcelle, sa complice, sa *Chérie*, l'autre, avec une vigueur surprenante, dans celle de son fils adoré qui tient lui-même celle de Claudette blottie contre son mari, les regarde intensément comme une caméra qui enregistre avant de faire le grand saut vers l'inconnu. Il l'aime bien la Claudette. Elle est à l'image de Marie, l'épouse de Vladimir, son père, et de Marcelle. Un beau visage lisse et fin avec des yeux de braise, des cheveux soyeux, un caractère bien trempé et un bassin bien large aux fesses bien rebondies. Jean s'agite. Après maints efforts, il réussit à ouvrir la bouche découvrant de très belles dents blanches, l'ultime contraction musculaire, et extraire avec une voix aussi ensoleillée que le ciel d'azur de Nice, la patrie de cœur de son regretté père, puis la sienne : « *Famille* ! *Vous m'avez comblé. Je vous aime.* » Avant de pousser un long et profond soupir. Son dernier soupir en arborant un visage princier radieux et apaisé. Les trois sont immobiles, tétanisés. Maurice aide sa mère à se relever. Ils s'enlacent. Ils éclatent en sanglots pendant si longtemps que le plancher partage leur douleur.

Cette fois-ci, toute la salle, très bouleversée et remplie d'admiration, se tait.

Les quatre attachants garçons embrassent avec un tendre respect Claudette. Les quatre hommes, retournés, la serrent avec une douceur appuyée tout comme Véra et Hélène. Marie-Ange, contrite, les yeux embués, s'approche timidement de la majestueuse et fière Claudette et, en tremblant, s'excuse. La généreuse Claudette lui rend un long baiser fraternel en signe de pardon. « Si le bienfait vient du ciel. Ne contredisons pas. »

Ils commandent à nouveau des desserts. À toutes les tables, les bouchons de champagne sautent, tant les gens sont captivés par le récit rocambolesque. Bien retapée, légèrement pompette, Claudette est sur le point d'achever.

Maurice n'a pas menti. Elle conte à la perfection.

- Ils sont nombreux à lui rendre un dernier hommage. Les rares amis survivants de Jean, Macé et Paulette, tatie Danielle d'Eaubonne, tante Germaine avec Virginie, la vendeuse de la charcuterie Calluaud, Aline, l'exquise vendeuse de Gambade avec son bel Italien Luigi l'amoroso, les nombreux amis de Maurice et de Claudette, le maire, les politiques, les voisins, les curieux. Sans oublier le défilé permanent des ardents supporters de l'OGCN. *Vous savez! Quand Maurice frappe des mains et que sa voix tonne, le stade du Ray a de suite mille-cinq-cents aficionados supplémentaires. Les joueurs adverses sont liquéfiés.*

Claudette, plus amusée que scandalisée, porte l'estocade finale.

- Écoutez ! Mes grands amis, en imitant Véra. Toutes les commerçantes en lingerie qui ont eu le privilège de connaître Maurice sont venues des quatre coins de la France le soutenir. Des femmes d'affaires énergiques dévisagent avidement mon beau-père. Les expertes de la petite culotte font des comparaisons. Elles embrassent ma belle-mère, méconnaissable tant elle est déformée par le chagrin, comme si elles croisaient une SDF dans la rue et s'approchent d'un pas conspirateur vers moi, en soupesant bien Jean et Maurice.

Claudette marque une pause.

- Toutes, sans exception, m'expriment la même phrase allusive que je n'avais pas captée sur le moment, tant le chagrin m'envahissait. « Mes sincères condoléances, Madame Gave. Un tombeur s'en va, un autre prend la relève. »

L'assistance n'a pas le temps de laisser éclater sa joie que Claudette passe la surmultipliée.

- C'est au moment le plus éprouvant pour nous que la *Callas*, la commerçante iconique de Gap, débarque dans un beau déshabillé en satin soyeux chaud gratté de la célèbre marque *Régence*. Avec un visage exprimant un besoin vital à rassasier sur le champ, elle ôte son unique vêtement, saute sur le lit avec une agilité étonnante, mettant en valeur une plastique similaire aux femmes dans le *Printemps*, le tableau de Botticelli, au point de craquer le sommier, et s'allonge derechef sur Jean en hurlant. « Je veux aussi goûter l'autre *tombeur* ! » Hector, notre possessif doberman lui mord le cul. Colonna, le commissaire de Police, venu rendre un hommage sincère à son ami Maurice et canaliser la foule, ordonne à deux policiers, en faction, de l'enfermer à la caserne Auvare.

Fou rire dans la salle. On claque des mains, des pieds. Les cinq célibataires, présentes à La Siesta en 1976, grimpent sur la table et scandent :

Quelle belle soirée !

Mo Mo Mo Maurice ! Mo Mo Mo Maurice !

- Mes Chères Véra et Hélène ! Voulez-vous vraiment savoir pourquoi Gambade a déposé le bilan ? Un mois plus tard, la Directrice des ventes fait irruption chez nous en pétard. Excepté le magasin chic à Troyes, tenu par Jacqueline et la prévoyante Paulette, toutes les commandes ne mentionnent qu'un seul modèle : *Le Tombeur* ! En blanc, ivoire, rouge ou noir. Du 85 A au 110 C. En quantité astronomique. Cette fois-ci, toute la salle et le personnel crient, exultent, hululent et reprennent :

Quelle belle soirée !

Mo Mo Mo Maurice ! Mo Mo Mo Maurice !

- Voilà, la véritable raison de mon refus. Maurice était éreinté. Lui si vaillant et disponible d'habitude, j'ai dû patienter pendant deux très longues nuits, le cœur abîmé. Deux nuits atroces où la vraie vie s'est arrêtée. Mesdames ! Vous ! Vous le savez ! Deux nuits avec des secondes qui défilent à la vitesse d'un escargot nain, c'est affreusement terriblement long pour une jeune épouse amoureuse et fougueuse.

- Je vous comprends ! Claudette ! David pense à la marque préférée de sa mère qui stimule les désirs coquins de son père.

- Gare à l'émeute ! Si Christian vante *Le Charmeur*, la culotte en dentelle de Calais de Lyse Charmel.

- Ou *Le Fixeur* ! Le modèle leader grand format d'Empreinte qui fait fureur. Réplique Christian du tac au tac. Celui sélectionnée par sa mère en raison d'une poitrine généreuse.

Chez les Gave, on aime tout en abondance.

La salle croule sous les applaudissements. Enrico, aux anges, se croit comme « là-bas. »

Le facétieux David, encadré de ses amis Jacques et Patrick, enfin épanoui, lèvent la coupe de champagne en l'honneur de Claudette et rajoute en clignant un œil malicieux à Maurice.

- Je ne me fais pas de souci pour notre ami.

Tout le monde est aux aguets.

- Christian ! Très prochainement, le N° 1 pour la qualité du service.

Maurice se penche sur Claudette. Les bras en l'air, il fredonne la chanson tube de Cabrel.

« *Je suis le gardien du sommeil de ses nuits, je l'aime à mourir.* »

Espiègle et calculatrice, Claudette se lève.

« *Gardien du sommeil de mes nuits ? Toi qui ronfles comme un bœuf.* »

Les inconsolables ont une bonne raison maintenant de ne plus le revoir quand il les quitte.

« Au moins, je n'aurai pas à supporter la turbine du pachyderme. »

Debout, enthousiasmés, tous félicitent la famille Gave et chantent à tue-tête Nissa Bella.

Viva, Viva, Nissa la Bella	*Vive, Vive, Nice la Belle*
O la miéu bella Nissa	*O ma belle Nice*
Regina de li flou	*Reine des fleurs*
Li tiéu vièji taulissa !	*Tes vieilles toitures*
Iéu canterai toujou !	*Je (les) chanterai toujours !*
Canterai li mountagna	*Je chanterai les montagnes*
Lu tiéu riche decor	*Tes riches décors*
Li tiéu verdi campagna	*Tes vertes campagnes*
Lou tiéu gran souleu d'or	*Ton grand soleil d'or*

Hervé Fornéri, l'ancien du collège Sasserno, alias Dick Rivers, l'ex-chanteur vedette *des Chats Sauvages*, un chic type au timbre grave, facilement reconnaissable avec sa *banane* et sa paire de santiags, déclenche l'hystérie contagieuse avec sa série de rocks endiablés chantés a cappella.

Stupeur !

Les lumières s'éteignent subitement. Les clients, anxieux, s'affolent et interpellent le personnel, immobile, qui ne réagit pas. Quelques instants plus tard, on entend une succession de crépitements et, soudain, une explosion et des cris d'enthousiasme.

Le ciel de Nice est illuminé. Ali a offert un feu d'artifice à Claudette et à tous les convives en liesse, déjà éblouis par la mer scintillante. Tous tombent en pâmoison face à un tel fabuleux spectacle.

Le feu d'artifice s'achève sous les acclamations.

Plusieurs ombres s'approchent d'un pas souple vers Christian, avec en musique de fond, la chanson des Beatles : *All you need is love…*, reprise d'emblée par les cinq célibataires branchées, aussi excitées qu'à *La Siesta*, ce fameux soir à graver dans le marbre, et d'autres personnes en folie.

All you need is love, love
Love is all you need

Jeannie, Marie-José, Christine, Évelyne et, bien entendu, le *redoublant*, le futur commissaire de police de Nice, qui sera aussi arrangeant que Colonna, remettent une clé à leur ami Christian.

Moi ! Je t'offre une 2CV d'occasion.

* *
*

Après une courte expérience agitée de vendeur de dessous féminins, Maurice, d'un commun accord avec Claudette, prend la décision définitive.

Maurice se met à son compte, en free-lance, dans la rénovation des appartements.

Dorénavant, il ne sera plus jamais un salarié – Les yeux cernés par la lassitude -, soumis aux caprices, mesquineries et brimades de la hiérarchie.

Le *Tombeur*, un porte-bonheur authentique à conserver précieusement, lui aura au moins permis de se rendre compte que pour jouir pleinement d'une *vie à Nice* extra, il faut mettre de côté les tracasseries et les jalouseries.

13

Chez le concessionnaire du Boulevard Simone Veil, Christian se fâche. Roger, la mine fatiguée, un ancien de l'Immobilier reconverti dans la vente de voitures de prestige, s'obstine.

- Tu plaisantes ! Impossible de m'offrir le gros cube avec toutes les options en leasing.

- Christian ! Mon ami. Ne te vexe pas. Ta pension est insuffisante pour celui-ci.

- Tu bosserais chez Audi, tu serais capable de me fourguer un Q1 au lieu du Q5 personnalisé.

La blague émise avec un ton ironique, son courroux revient au grand galop.

- Roger ! Cesse de déconner. Actif, j'avais déclaré à peine plus. C'était bien possible.

- Nous savons comment vous brassez l'argent.

- Autrefois ! Plus maintenant. L'accumulation des lois et des restrictions ont bousillé notre originalité et notre singularité, l'essence essentielle de notre fonction. Nous sommes devenus des pièces de rechanges interchangeables. Le métier a perdu considérablement de l'attrait. Comment peut-on comprendre le marché si nous sommes tous identiques. L'Ubérisation de la profession nous guette.

- Christian ! Si j'avais eu ta tchatche.

- C'est un plus. Mais ! Ce n'est pas tout. Tu manquais de professionnalisme. Que crois-tu que font les clients, l'entourage ou l'acheteur potentiel qui pénètre dans ton Agence ? Ils t'observent et ils te notent, sans que tu ne t'en rendes compte. Eh oui ! Roger. Les gens font de l'Ubérisme avant l'heure.

- Oui ! C'est vrai. J'ai un peu déconné.

- Seulement un peu ! Enfin ! Ceci est derrière toi maintenant. Pense au bon vieux temps quand les coupures circulaient librement. Te rappelles-tu du bruit particulier des Pascal quand on les comptait ? Nous avions alors d'excellentes raisons de déployer au-delà de notre énergie pour obtenir le résultat.

Christian se souvient avec nostalgie d'une époque révolue dès 2000.

- Un Blaise ! Ça a une autre culture et allure qu'un 500 euros au dessin indéterminé.

- Il a cependant un gros avantage.

- Lequel ?

- On compte plus vite.

- T'as bien raison ! À force, mon portefeuille en cuir de Lancel, un cadeau de ma femme, est devenu un bouclier de protection. Regarde-le bien ! Ils l'ont légèrement déformé. Mais pour la bonne cause.

En voyant les billets, Roger, les yeux sortis de leurs orbites, pousse un cri d'exclamation.

- Beaucoup plus épais que le mien ! En extrayant le solitaire cinq euros généreux de son portefeuille déteint et usagé griffé : Roger Gaglia Immobilier, *Le Professionnel*.

- *Le Professionnel* ! Tu te fais du mal. Ça fait plus de dix ans que t'as déposé le bilan en laissant des ardoises partout. Balance-le ! Chaque fois que tu l'ouvres, tu noircis ton passé le moins glorieux.

- J'suis fauché.

- Tu veux me culpabiliser ? Au fait ! C'est bon en face ?

- Au Saint-Vincent ? J'n'y suis jamais allé. J'n'ai pas de ticket restaurant.

Gêné, Roger rajoute d'une voix torturée.

- Avec la pension alimentaire en plus du marmot avec ma nouvelle compagne, au chômage...

- Roger ! Arrête ! Tu me fais chialer. Va ! Je t'invite. Je débute ma B.A. aujourd'hui, dit-il en lui posant une grande main amicale sur son épaule.

- Super ! Exulte-t-il, les bras en l'air, comme s'il avait touché le loto. J'te rejoins dans trente minutes.

- C'est quoi ce bordel ! Tu ne peux pas décoller immédiatement. J'ai faim ! Moi.

- Ma pause... C'est à partir de 13 h 22. Avoue-t-il d'un air penaud.

- Ici ! Tu pointes comme à l'usine ? Misérable ! En attendant, montre-moi les voitures. Tu donneras l'impression de moins glander.

En traversant l'étroit passage protégé d'un quartier en pleine mutation, devenu un immense chantier incommode en raison des travaux de la future ligne 2 du tram, Roger s'extasie.

- Christian ! Mate la cradingue Sandero cabossée.

Goutte Immobilier inscrit en grands caractères déformés sur les portes rayées et sales.

- Mais c'est Charles Goutte ! Le con ne frime plus dans une Mercédès flambante neuve ?

- T'as raison ! Christian. Il devrait être plus discret. Je planque toujours la vieille Rover 100 rouge très rouille, ma poubelle décrépite roulante, dans le parking de Lidl avant de travailler.

- S'il n'a plus une belle tire pour le valoriser, ce n'est pas avec la qualité du service qu'il rend à ses clients qu'il l'a récupérera.

- D'ici qu'il accroche sur son Gilet Jaune : G.I.E.C. GOUTTE IMMOBILIER EN COLÈRE.

Plié en deux, Roger complète.

- Tu l'avais quand même bien pigeonné.

- Roger *Le Truand* ! Rétorque Christian d'un ton coupant. Ce n'était pas ainsi qu'on te nommait vers la fin ? Tu as de la chance que je te connaisse. En montrant une poigne terrifiante.

Christian ne lui en veut pas.

Il l'a bien dupé le Charles Goutte. Mais il ne l'a pas berné. C'est plutôt Goutte qui l'enflait.

- Pas du tout ! Je fus le premier à écrire sur ma vitrine : CGI - Christian Gave Immobilier - Une nouvelle race d'Agent Immobilier. Il a tout piqué.

- Tu l'as quant même roulé.

- Pas du tout ! Un jour, un voisin de tatie Danièle d'Eaubonne fait une irruption dans mon bouclard. Une simple visite de courtoisie pour transmettre le bonjour de la tante. Aujourd'hui, il n'est ni un client, ni un prescripteur. Plus tard, qui sait ? Alors, je l'invite au Vendôme. À brûle-pourpoint, il me demande avec deux yeux ronds : « Connaissez-vous le récent slogan choc d'Euromarché ? » « L'ancien, oui ! Je m'en suis inspiré. Le nouveau ? Pas encore, je vous écoute. » « Une nouvelle crasse de grand magasin. » « Extra ! Vous me donnez une idée. »

Roger l'écoute attentivement.

- Goutte me tannait sans arrêt de l'autoriser à utiliser légalement CGI plus mon slogan, moyennant une compensation. Le lendemain matin, les actes signés officiellement, Frémond pose un beau panneau accrocheur avec de belles lettres en relief.

CHRISTIAN GAVE IMMOBILIER

- Quelques mois plus tard, Bruno Grivot, l'hideux Parisien boutonneux pédant, se fait doubler par Charles sur la vente d'un bien de prestige. Avant de rejoindre la Capitale, découragé, avec sa queue de petit moineau, il se venge en placardant des tracts.

CGI
Une nouvelle crasse d'Agent Immobilier

- Christian ! Tu es un véritable visionnaire.

- In Christian Gave we Trust ! Mon flyer choc, distribué dans les boites aux lettres et posé sur le pare-brise des voitures. T'en souviens-tu ?

- Que oui ! Tout Nice parlait de l'agent bilingue.

- Une semaine plus tard, que vois-je, estomaqué, sur le pare-brise des autos de la rue de la Buffa ?

In Charles Goutte we Trust !

- Oh ! Le con. Pourtant ! Personne ne fut averti.

- Normal ! Le jour-même, avec mon père, nous les enlevions toutes pour y rajouter :

Préférez l'original au Canada Dry

Nous en remîmes certains aux commerçants, aux pharmaciens du quartier ainsi qu'aux vendeurs de la Cité marchande de la Buffa. À cette époque, le marché de la Buffa drainait un sacré monde. Les braves commères ont contribué à ma notoriété.

Christian, la mine hilare, s'interroge.

- Moi ! Dans une Sandero ? Je ressors ma 2CV.

En chemin, ils rencontrent Michel Granger, un ancien collègue pressé de se joindre à eux.

- Michel ! Ça fait plus de vingt ans que tu as disparu de la circulation. Que deviens-tu ?

- La crise de 1998 m'a achevé. Je n'avais pas ton bagout, ni Natacha et ton père pour démarrer. J'en ai fait des petits boulots. Même vendre des chaussettes tombées d'un camion et des pin's au marché. Enfin ! Je suis sauvé. Aujourd'hui, je respire mieux. Mon profil psychologique, élément imperturbable, m'a permis de décrocher un emploi stable d'avenir à *Pôle Emploi*, la dernière dynamique et solidaire entreprise Française en pleine expansion.

En chœur, ils souhaitent connaître la véritable histoire des billets qui tombaient du ciel.

Trois siècles plus tard ! *Pascal toujours d'actualités*

Malgré un titre racoleur, le journal Nice-Matin n'avait pas precisé l'origine et la cause exacte de la pagaille monstrueuse. Christian hésite. Après tout, il y a prescription.

- Calez-vous bien. La chope de bière à la main, il avale une lampée. Roger ! Profites-en ! Tu flottes dans ton costume usé. Qu'attends-tu pour le remplacer afin de mieux cadrer avec la clientèle haut de gamme. Ainsi que tes chaussures éculées.

* *
*

- C'était en juin 86. Je me souviens très bien. La Droite avait repris le pouvoir. J'avais vendu un trois pièces classieux avec terrasse et parking, comme les riches Milanais raffolent, sur la Promenade des Anglais. « Un Italien qui paie toujours en espèces ! » « Roger ! Tu désires la suite ? Alors, au lieu de dénigrer de braves gens travailleurs et dépensiers, écrase et bouffe. » Le vendeur, un banquier parisien vaniteux, avait hérité d'un oncle éloigné. Le rapiat, avec une pierre comptable à la place d'un cœur, voulait un max en liquides pour échapper à l'impôt. « Un banquier ! » s'étonne Michel, déçu. « Malheureux ! Tu crois vraiment que les banquiers, à l'instar des curés, sont tous des Saints ! » Remarque Christian.

- Pour ce genre d'opérations, nous nous rendons au Bd Victor Hugo chez notre bon ami… « Qui ? » « Roger ! Il y a prescription, mais il vit encore. Il reste mon bon ami. » Par prudence, Je réussis à dissuader l'Italien de prendre un Notaire. Ne me dites pas que je ne fais pas confiance aux autres. À Nice, les Notaires sont des Niçois. Même ceux qui viennent d'ailleurs, à l'image de Maître Lenordiste, l'ancien Notaire de Lens lassé de voir du Germinal à longueur de journées, ils prennent le pli Niçois. Au bout de quelques temps, ils chantent Nissa la Bella avant la Marseillaise. Mais deux érudits en concurrence ! Ils se croient Marseillais. Ils font des concours d'éloquence. Maurice, mon père - une larme à l'œil dégouline lentement sur son nez -, m'avait appris. « Dans n'importe quel métier, pour durer : discrétion et efficacité. »

Christian ôte sa veste avant de poursuivre.

- Il faisait chaud et moite ce jour-là. Le temps virait à l'orage. Le bureau, en l'absence d'une clim, devient un hammam. « *Mauvais pour mes poumons.* » Rabâche le notaire. En sueur, j'ouvre la fenêtre. Scrupuleux, Maître Notairius lit le texte habituel que l'Italien ne comprend pas. Heureusement, pas d'interprète assermenté pour nous enquiquiner. Si vous saviez le nombre de questions pénibles et sans intérêt que posent les étrangers maintenant.

Christian interrompt subitement son récit pour récriminer.

- Bien que ! Quand j'y pense, la loi Carrez est certainement la première loi à avoir détruit notre exemplaire profession. Bordel ! Ils l'ont visité le bien avant de l'acheter. Nous sommes des gens méticuleux. Qu'est-ce que ça peut leur faire que l'appartement fasse 80 m² au lieu de 100 m². Ils l'ont bien revu et analysé l'appart, en prenant des mesures pour être certains de placer leurs meubles. Nous ne sommes pas des politiciens. Nous ne promettons pas la lune. Il n'a pas rétréci. Il fait toujours la même surface. Surtout que je ne vends que des m² de qualité. Comme COGEDIM ! Oh ! Les amis. Je m'égare.

Christian se frotte le visage et termine sa bière. Roger, Michel et d'autres sont anxieux de savoir.

- Le monologue juridique achevé, nous passons enfin aux choses sérieuses. L'officier ministériel quitte discrètement la salle. « Ah ! La fameuse prostate ! La maladie contagieuse des Notaires équivalente à la silicose des mineurs. » Piaffent en même temps les deux ex-pros. « En moins mortelle ! »

ironisent-ils avant d'attaquer une autre chope de bière et de laisser Christian poursuivre.

- Le Mario Balotelli ouvre son attaché-case, un Buroni, la classe ! 600 000 francs apparaissent en coupure de 500 francs. Une très belle somme pour l'époque. Le banquier, méfiant, compte les billets un par un. Au bout du 800 ème Pascal, posé sur la table voisine, le Mistral souffle sur le Bd Victor Hugo avec une violence inimaginable. Les biftons s'envolent, certains s'éparpillent dans la rue. Tout le monde panique. Je me précipite vers la fenêtre et la referme avec une telle énergie que j'en pète les vitres. Avec le nouvel afflux de courant d'air les billets voltigent, se dispersent à nouveau. Heureusement, les volets niçois, encore fixés, stoppent l'hémorragie. Je dévale l'escalier à la vitesse du pompier de *La Tour Infernale*, je saute les quinze dernières marches comme Bébel, divin dans *Le Magnifique* pour m'écraser contre une vieille soucieuse d'améliorer sa retraite, avant de récupérer le max en bousculant les cupides. Une folie furieuse ! Quel embouteillage ! Des gens déchainés, poussant et piétinant pour attraper un Pascal. Des coups dans les testicules, des dents qui sautent, des placages à briser les côtes... Même le mendiant boiteux bondissait comme un cabri en furie en filant quelques beignes au passage à la bourgeoise du Palais Meyerbeer qui se bâfre au *Victor Hugo* tenu avec maestria par Michèle et Virginie pour lui arracher l'argent mal gagné.

Michel, le respectueux des valeurs, est choqué.

- Elle bouffe au *Victor Hugo* et...

- Michel ! Toi ! Tu aurais dû exercer à l'action sociale de la mairie de Nice. Je poursuis les amis.

- De retour à l'Étude, essoufflé, le parisien super bien sapé se lamente. « Il manque 2 500 francs ! » « Vous dissimulez au fisc 600 000 francs et vous faites un gros caca nerveux pour si peu ! » « C'est bon ! Mais votre commission ? » « Ma com ! 10% de la vente au vrai prix, soit 12 000 francs. Relisez le contrat. » « Mais j'ai perdu 2 500 francs. » Se plaint-il. « Si je n'avais pas accouru, vous perdiez le quadruple. » « Ça va ! Je paraphe et je signe. »

D'autres ont rejoint la table des exploits.

- Le notaire modèle rectifie quelques feuilles et passent au broyeur les périmées. On patiente trente minutes, puis nous répondons à la phrase solennelle incluse dans la bible des Notaires. « Vous reconnaissez bien avoir tout déclaré ? » L'instant magique où nous faisons preuve d'une conviction aussi sincère que l'innocent Jérôme Cahuzac face au père Jean-Jacques Bourdin sur RMC/BFMTV, en fixant le Notaire amorphe percepteur de la République. « Oui ! Bien Cher Maître Notairius. » Déclame le parisien, *les yeux dans les yeux*, avec une belle voix de cadre dynamique aussi pieuse qu'un bon prêtre pédophile clamant son innocence.

Christian conclut avec panache.

- Quelle fantastique journée épique et très fructueuse... Les banquiers les plus honorables et les plus qualifiés de France ne traiteront qu'avec moi.

- Christian ! Tu me remontes le moral. Mince ! J'ai sept minutes de retard. Ils vont me supprimer la prime mensuelle de ponctualité de deux euros quarante-trois. Je m'éclipse. Christian ! Merci pour l'excellent repas. Ça faisait depuis si longtemps...

Michel, grisé, le complimente longuement.

- Tu sais ! Mon job, c'est l'écoute. Voir et entendre un nombre incalculable de personnes sans le moindre espoir de retrouver un job, ça fout le bourdon. Moi aussi je *pointe*. Heureusement, nous sommes en grève aujourd'hui. J'ai tout mon temps.

- En grève de quoi ?

- La litanie habituelle. Améliorer l'accueil des demandeurs d'emploi et soulager leur inquiétude.

- En leur offrant le café ?

- Non ! Quand même pas.

- T'as vu comment Roger a dévoré les plats ?

- Il m'a fait pitié. Lui si intrépide et toujours tirer à quatre épingles auparavant.

- Un comble ! Vendre des bagnoles à plus de 40 000 euros et ne pas pouvoir se mettre sur la langue une bonne et fondante tropézienne. Si tu l'avais vu dans le show-room, il signale à son chef qu'il va aux toilettes. Il devrait postuler à *Pôle Emploi* avant d'y aller contraint et forcé. On n'est plus en Allemagne de l'Est à vendre des Trabant. Il a une dégaine et un look trop miséreux qui ne correspondent pas avec la concession et les vendeurs. Des jeunes loups ambitieux et égoïstes, d'après

Roger le *has been*, mais avec une autre allure et une tête différente de la sienne, épuisée et défaitiste.

- Champagne ! s'exclame Vincent.

Le jeune patron sympa du resto est étourdi pour la première fois de sa vie à peine entamée.

- Ça tombe bien ! J'ai le gosier sec et l'estomac creux, remarque Christian en pleine forme. Mon ami Vincent ! Puisque c'est ta semaine de bonté, remets-nous ta succulente tarte Tropézienne.

Pinard, un Cadre, Expert dans l'Assurance, spécialisé dans les arnaques de voitures volées, assis à côté d'eux, emballé par le récit inimaginable, souhaiterait que sa femme et son beau-frère, le moral en berne depuis son licenciement, en profitent.

Naturellement, il l'invite.

« Chez *Mireille*, une de mes cantines quand je suis en inspection dans le quartier, le Chef cuisine une excellente paella. »

* *
*

Après *Mireille,* la première table porte-bonheur, d'autres restaurants se succèderont dans sa nouvelle vie de retraité actif. Un moyen agréable de gonfler sa pension en recevant chaque fois un cadeau avec une enveloppe jointe, comme à Sant'Ambroggio.

Une autre solution, juteuse au niveau financier, est que Christian fait des conférences. Soit sur l'Immobilier où il a une très bonne réputation puisqu'il a cessé son activité d'une manière *clean* en ne laissant aucune ardoise, soit sur ses aventures personnelles, tant elles sont variées, soit sur les exploits historiques de sa famille.

N'oubliez pas ! Christian Gave parle avec autant d'aisance qu'un politicien. Mais lui, pour faire gober des faits bien réels, il les embellit à volonté afin de mieux marquer son empreinte.

Des admirateurs louent quelquefois la salle du Forum George François, située dans la rue de Cronstadt. Plus de 200 personnes, bien assises, écoutent attentivement Claudette et Christian narrés leurs aventures. La plupart du temps, c'est le succès de Christian à l'oral d'anglais, en 1976, qui donne du pep's au public.

« What a fucking nice day ! »

Go Go Go TWENTY ! TWENTY !

- Sacré bonhomme ! Votre père ! Il les a vraiment bluffés. Commente un participant enthousiaste.

- Vous l'avez bien dit. Et si dévoué pour mon futur. La caissière du Rialto, une ex-copine de mon regretté père, suggérait aux cinéphiles de voir l'autre navet dont je ne me souviens plus du titre.

« *Le dialogue des Carmélites* a un très gros problème avec la bande son et l'image est presque détériorée.

Le scénario repose principalement dans le texte et dans le mouvement du visage pratiquement fixe. Je vous ai prévenus. Je ne peux pas vous rembourser si vous êtes mécontents au bout de cinq minutes. »

Une autre anecdote qu'il place à bon escient pour mieux chauffer le public, en plus du mouvement *slow sex*, avec doigté !

- Le jour de sa retraite, mon père a été nommé ambassadeur du film de qualité par Jacques Peyrat, l'ex-maire de la ville, un grand adorateur de Jacques Médecin. Depuis ce jour il arbore un pin's accroché à son revers de sa veste. Il représente une bouteille de Triple Carmélite. Sa façon d'honorer le chef d'œuvre qui faisait hurler de plaisir une professeure d'anglais, une grande intellectuelle qui n'aime pas les films creux mais qui boit avec délectation, sans trop réfléchir, les paroles savantes d'un amateur de bonnes bières.

Christian le confirme. Pour la représentation de la pièce comique *Boing Boing*, il est bien monté sur l'estrade quatre fois au théâtre Francis Gag au lieu d'une. Une salle intime de 260 places, souvent trop grande exceptés ces jours-là. Elle réussissait chaque fois à comprimer plus de 400 spectateurs payants.

* *
*

Patrick a dessiné la 2CV de Christian.

Un beau soleil jaune, une mer d'azur, quelques palmiers ainsi que le slogan révolutionnaire de mai 68 adapté, emprunté à la génération Woodstock.

Pisse Inde Love

« What a fucking nice day ! »

Go Go Go TWENTY ! TWENTY !

Encore un moyen supplémentaire d'arrondir ses fins de mois en balladant les touristes, heureux de prendre en photo le géant près de la portière de la voiture légendaire. Pour seulement cinq euros de plus, Christian donne l'explication du fameux logo de son ami Patrick-Marie le Notaire. Aujourd'hui, le génie est trilingue. Il comprend le Japonais : Sugoi ! Desu ne ! (Étonnant ! N'est-ce pas !)

Christian, qui avait mis en application son stage d'accompagnateur excursions en Corse dans son métier d'Agent Immobilier, poursuit dans la même voie depuis sa retraite. Alerte et élégant dans sa veste bleue en provenance de *FATHER&SONS*, la boutique à la page de la rue de la Liberté.

Elle est pas belle la vie !

14

- Christian ? Bonjour ! C'est Patrick. *Les Petites Affiches de Nice* organisent un débat privé sur un sujet d'actualités : *L'Intelligence artificielle.* Difficilement, j'ai obtenu pour toi et ta famille trois invitations. Tant de gens veulent y assister et se montrer.

- Merci Patrick d'avoir pensé à nous. Mais je suis déjà trop affairé par mes conférences. Si tu savais comme je m'éclate. Celle-ci, je ne la sens pas. Pour reconnaître un con, mon instinct me suffit. Il n'est pas encore programmé. Toi ! Tu le sais très bien. J'aime palper. Alors, de l'abstrait !

Patrick, le regard nostalgique, se souvient du premier cours de Français en 1973. À cette époque, il était trop timoré et surtout embarrassé pour aller jusqu'au bout de sa pensée : - *Et moi ? Patrick stoppe net la joute verbale. Une présence le contrarie.* - pour confesser à ceux qui étaient devenus ses grands amis, ses frères, qu'il aurait voulu peindre la séduisante

Béatrice Trognon, en *Baigneuse assise s'essuyant une jambe*. Le tableau impressionniste, très polémique à l'époque, d'Auguste Renoir.

- T'as tort ! Le cadre au Palais des Ducs de Savoie est digne d'intérêt. Ça te changera les idées. Après ! Avec tes grosses paluches indiscrètes, tu profites d'un cocktail fabuleux et exquis servi avec des vins de notre région versés à volonté.

- Des vins de qualité ? Dans ce cas… J'aime bien apprendre des autres. Je suis un perfectioniste.

- Et un grand manifestant ! S'esclaffe Patrick. Ne te trimballe surtout pas avec ton Gilet Jaune. Ça dénote auprès des candidats de tous bords.

- Ils seront tous là ? Même le *grand* qui retourne constamment sa veste ?

- Oui ! Ils seront tous présents. Du Vert, du Rose, du Rouge, du Brun, du Blanc, du Bleu, du Debout, du Religieux, du Transparent, du Tourbillonnant, du… Chaque prétendant veut prouver que ce sont leurs neurones qui fonctionnent le mieux pour les élections communales en 2020.

Christian gare sa voiture rue Delille. Les badauds, admiratifs, reconnaissent immédiatement le modèle exclusif : *Pisse Inde love*. Ils accompagnent les Gave. Rusé, il ne signale pas la surprise gourmande afin d'éviter l'émeute générale. Il mentionne un débat ennuyeux où il faut se creuser les méninges. « Nous escortons notre fils qui passe son BAC cette année. Il hésite entre médecin neurologue ou politicien

exemplaire. Vous avez de la chance ! Vous flânez. »
« Nous t'abandonnons ! Nous ! On préfère trinquer au *What a fucking nice day* ! » Tout en se dirigeant d'un pas déterminé chez Ma Nolan's, le pub Irlandais branché. « Vous n'êtes pas sympas ! » Il n'en dit pas plus. Christian sait s'arrêter à temps.

La famille pénètre dans le bâtiment où, au bas de l'escalier majestueux, l'attendent les inséparables David, Jacques et Patrick, ainsi que leurs délicieuses épouses.

Dans la grande salle comble, quatre cents invités, triés sur le volet, cessent de papoter ou de se distinguer. Les Gave sont surpris. Pinard, le Cadre de l'assurance, les élus et des inconnus se bousculent pour les saluer. Des femmes lui glissent à l'oreille en minaudant : « J'ai bien connu votre père. »

Christian Mottard, un candidat sympa, prof de Droit et poète à ses heures perdues, arrivé en même temps que le géant, le complimente pour son pin's *AI. Artificial Intelligence* ! Blague-t-il avec un fort accent British qui a pris un sérieux coup de soleil.

Le malin et fougueux Éric Ciotti passe sous les jambes de Christian Estrosi. Juste avant de se dégager, l'ex-ceinture de judo de couleur délavée se lève trop tôt, le faisant basculer involontairement.

Marine Brenier, la conquérante jeune députée, en profite pour s'engouffrer astucieusement dans la brèche et lui faire une baîeta amicale. (Un bisou.)

Remis péniblement de ses émotions, boitillant, Christian Estrosi accourt en faisant de grands gestes comme à l'accoutumée et, en vrai bébé de Jacques Médecin, les bras en avant, il traverse toute la salle, la tête oscillant de droite et de gauche, avec deux yeux quêteurs, accompagné de la pétillante Laura, sa chaleureuse femme qui a conquis le cœur des Niçois, grâce à une bouche bloquée à une belle risette méditerranéenne depuis sa naissance. Il serre avec ferveur la main du géant, et prononce d'une voix sonore avec un regard circulaire : « Bonjour ! Christian ! » Comme si Gave était son aussi proche ami que Nicolas de Neuilly.

- Bonjour ! Monsieur *Es*... Soudainement, une poussière se faufile dans sa gorge provoquant un hoquet au plus mauvais moment. Il redresse brusquement son bras obligeant le maire à lever le sien bien haut, si haut que tout le monde le voit se tordre de douleur... *ciotsi*.

Avant le grand exposé, censé durer quarante-cinq minutes environ, plus trente minutes de débat, Ciotti et Estrosi ont cinq minutes chacun pour présenter le thème de la conférence.

Éric Ciotti, pendant plus de dix bonnes minutes, en profite pour se positionner pour 2020. Le maire Christian Estrosi, rageur, monopolise la parole durant près de vingt minutes afin de mettre en avant la coulée verte, le tram en souterrain, le futur du

Ray, interrompu à l'instant voulu par des applaudissements de la part de ses fervents partisans.

De quoi mettre en colère l'estomac de Christian.

Le temps initial de l'exposé a largement débordé. Cependant, Christian est satisfait de sa soirée, très instructive. Des trois animateurs, il retient le discours alarmiste de l'Américain, un malabar qui nous met en garde contre la malbouffe industrielle au détriment de la bonne nourriture. « Le peuple finira par manger des graines pendant que l'élite se délectera de plats traditionnels de qualité. » Christian, son clone, l'approuve en lui faisant un signe amical.

Oui ! La technologie du futur accomplit des merveilles tout en étant dévastatrice sur le plan humain. À la différence de Christian et de ses amis, la plupart des participants sombrent dans le pessimisme.

Ils oublient que c'est à l'homme d'agir sur son destin plutôt que de le subir, à condition qu'il conserve avant tout l'instinct plutôt qu'une raison formatée. Ce fameux instinct si présent chez les Gave.

Il aimerait aplanir un point essentiel qui le chiffonne, maintenant que le public est sur le point de participer au débat.

Patrick est empêché par un politicien. David est interrompu par un autre politicard. Jacques a faim. Au point qu'au bout de quarante-cinq minutes, tous les candidats à la mairie de Nice en 2020, ont pu dérouler leur programme. Mécontent, Christian, stoppé deux fois dans son intervention par des ambitieux, se rebiffe et invective les arrivistes.

- Vous nous avez ôté l'espoir de poser les vraies bonnes questions. Honte à vous ! Il est trop tard maintenant pour mieux disserter sur notre futur, radieux ou angoissant. C'est l'heure de rejoindre le buffet. Dit d'un ton cassant tout en prenant une attitude de toute-puissance.

Tout le monde l'approuve. L'Américain le *first*.

Christian, décidé, se dirige vers la longue table où s'amoncellent une succession de plats, l'un plus appétissant que l'autre, suivi de sa bande puis des autres spectateurs, ravis d'activer leurs neurones et de remplir leur estomac sévèrement atteint par les malheurs qui les attendent. Heureusement le champagne et le vin, des nectars divins, coulent à flot.

Ils ont tant besoin de remontants.

Pinard, le Cadre de l'Assurance, un des ardents admirateurs de Christian, le ventre alimenté et la gorge bien abreuvée, émet d'une voix tonitruante une idée qui se propage à la vitesse de la lumière, mettant en fureur la vingtaine de concurrants à la mairie de Nice.

- Christian Gave ! Maire de Nice. Bonne idée ?

Les invités, particulièrement les Niçoises avides de sensations fortes, acclament la force de la nature à la réputation bien établie.

- Christian Gave ! Notre prochain Maire !

Un Christian va-t-il remplacer l'autre ?

Le *grand* va-t-il retourner sa veste ?

15

Christian s'y attendait. Roger pointe à *Pôle Emploi* depuis la première semaine de mai.

- Puisque tu dépéris, accompagne-moi au Salon de l'Immobilier organisé par Nice-Matin.

- J'peux pas ! Je les ai aussi royalement plantés.

- C'nest pas grave. Il y a tant d'autres agences qui t'ont imité. Certaines t'ont surpassé. De plus, ils ont changé de Direction. Viens ! Ça te retapera. Tu flottes énormément dans ton costume très rapiécé.

- Il y a un buffet ?

- Un copieux ! Réservé aux pros et aux personnalités uniquement.

- C'est pas possible ! Tu bosses plus.

- Retraité actif ! Dirait le pingouin du RSI. En plus de mes conférences, je donne des cours sur l'Immobilier. Les étudiants raffolent de mes expériences variées et prouvées sur le boulot d'un pro de l'Immobilier. Avec un exemple cocasse concret, ils pigent l'utilité du Mandat Multi-Diffusé.

- Une large clientèle féminine, envoyée par mon père ou grâce au bouche à oreilles, me quémandaient de leur trouver la perle rare. Parallèlement à ma prospection constante, y compris auprès des concierges, contents d'arrondir les fins de mois, mon collègue Michel Lovrieglo, l'ex-prof de philo qui a trouvé sa véritable vocation en devenant auteur de polars et patron d'une Agence *Vestes Jaunes* - ça remplit plus la panse -, les fameuses Agences qui recrutent, chacune, cinquante négociateurs tous les ans pour rentrer un maximum de biens, me propose de disposer de sa corbeille pleine à craquer de logements disponibles. Ainsi, sa générosité et son sens pratique, m'ont permis d'être le premier à Nice à faire du sur-mesure pour satisfaire ma clientèle.

- Alors que moi, comme un con, je ne voulais pas partager la commission Je n'avais pas évolué. On voit le résultat.

- Roger ! Pose ta candidature. Tu ne seras pas le seul sagouin à avoir deposé le bilan parmi les conférenciers. Loin d'être dépaysé, tu retrouveras du beau monde entrain de faire la morale. Un avocat radié, un diagnostiqueur qui compte mal, Serge...

- Le beau Serge qui était en tôle ?

- Oui ! Celui qui vidait les meubles et les tableaux des appartements de ses clients parisiens et étrangers. Auparavant, passe d'abord chez nous.

Roger tombe à la renverse. Christian et sa famille ont un ravissant et spacieux quatre pièces en rez-de-jardin, avec de beaux volumes, dans la Villa de Natacha, découpée en plusieurs appartements. Il reconnaît immédiatement la 2CV et un SUV neuf.

- Un huissier véreux s'était arrangé avec un Promoteur parisien pour virer Natacha la Russe, super endettée, et démolir la villa afin de construire un immeuble. Ils ont commis une grossière erreur. Ils ont valorisé le bien très en-dessous de sa valeur avec l'accord complice d'un juge ripoux. Grâce à Maître Patrick-Marie Delagorge et à mon père, reconnaissant envers Natacha qui lui a permis de débuter sa petite affaire, ils ont été évincés. Le brave Carmien, le marchand de biens réglo, propose de reprendre la somptueuse villa et de laisser la Comtesse dans sa demeure jusqu'à son dernier jour dans le tiers du premier étage. Il rénove chaque lot avec soin et charge mon Agence de les vendre. Je venais juste de me marier. Mon nid d'amour, je l'ai obtenu à prix coutant. Une bouchée de pain. Mon père a tout bricolé. Des charges minimes, deux parkings, une perle rare, en centre-ville.

- Je n'aurai pas dû tout flamber au casino.

- Tiens ! C'est pour toi, pour chasser tes vieux démons. Il lui offre un portefeuile en cuir.

Roger l'ouvre. Dix billets de cinquante euros.

- Christian ! Merci. Il ne fallait pas.

- Tu dois démarrer ta nouvelle vie sur de bons rails. Fous en l'air tes vieilles fripes et tes pompes trouées et enfile la chemise, le pantalon et la veste. Maintenant, tu retrouves une tête de vainqueur.

Christian a hérité de ses ancêtres la générosité.

- Tu es plus présentable pour aller te goinfrer. En posant une main protectrice sur son épaule.

- Si tu savais combien je perçois chaque fois que je fais une conférence au black.

Ma petite entreprise ne connaît pas la crise.

Au salon de l'Immobilier inauguré par Estrosi et Ciotti, les deux inséparables, Christian croise le jovial Jean Regola, celui qui lui avait vendu les bureaux modernes, entrain de prospecter. « Christian ! Mon ami. Je me suis diversifié. » En lui tendant sa carte de visite : *Ameublement Design*. Roger est gêné. Il l'avait également planté. Christian serre la main de Jean Girard, *Côte d'Azur Properties*. Son Agence occupe le logement de l'ex-garagiste Max Burtet, le grand pote de son père Maurice. Toujours le premier pour faire la fête. Puis, il embrasse chaleureusement l'inusable Claudine Estève, équivalente à la grand-mère Paulette de Troyes, de l'Agence SAVI, la Molière de la profession.

- Claudine ! Tu finiras par rendre l'âme entrain de rédiger un compromis de vente.

- Et toi, à force de déclamer tes exploits au BAC.

De nouveau, des voix s'élèvent dans les travées.

- Christian ! Notre nouveau maire.

J'AIME NICE
IN CHRISTIAN GAVE WE TRUST !
TWENTY sur TWENTY

Ce livre est le fruit de mon imagination. Toute ressemblance à un professeur relèverait d'un heureux hasard. Toutefois, je me suis surtout inspiré de ma classe de troisième du lycée Van Gogh à Ermont, en 1964, pour créer les personnages fictifs qui gravitent autour de Christian, David, Jacques et Patrick. Je rends un hommage particulier à Madame Ponti, la professeure d'Histoire. Elle m'a fait apprécier cette matière. Pourquoi Edmond Ponti ? C'est une autre histoire. Edmond A..., un autre prof de Van Gogh qui se la coule douce sur la Côte d'Azur, jouit de sa retraite avec discrétion.

Dans la classe qui frisait la cinquantaine d'élèves, conséquences de la guerre d'Algérie, mon grand pote Yves Cabelguen, *Nénesse*, décédé récemment en pratiquant le rafting, était le génie de la classe. Plus brillant que Claude Béliard ou moi-même, les deux espoirs de l'école Paul Bert à Eaubonne. Si Béliard a bien fait Polytechnique, j'expliquais au Préfet à la fin du CM2 que mon rêve de rentier était contrarié par mon père. Pas assez capitaliste le *vieux*.

Cabelguen avait l'art de faire des jeux de mots avec les noms de certains élèves. Y compris le mien ! Sojah ou Joss Randall. Dire que je détonnais avec mon blouson Mc Douglas à la coupe similaire à celle du légendaire acteur n'est pas exagéré.

Un *Trognon* de *Pigeon* au *Raisin* avec une *Goutte* de *Ricard* et *Théron*. Un prénom m'échappe. Qu'elle ne m'en veuille pas. Michel Trognon, Annick Pigeon, Françoise Raisin, Martine Goutte, Ricard, Monique Théron.

D'autres anciens élèves y figurent.

Évelyne Vilbert, une fille sage que j'avais appelé la Sainte avec mon pote Yves, Christine Ténot, la belle bourgeoise brune - elle sera étonnée d'apprendre qu'elle a des dons pour la physique -, Marie-José Cottin, Jeanny Chambry, Claudette Redonnet, Chantal Balland, Anne-Marie Chèdemaille, une jolie poupée qui s'épanouira à la Banque Populaire, Françoise Tuchère à la voix masculine, Jacqueline Nédélec, l'autre belle brune aux longs cheveux légèrement bouclés, Michel Vinciguerra, Alain Quéré, Philippe Kwadov, un blond rouquin légèrement rondouillard dont ses grands-parents provenaient des régions aussi répressives que celles de Vladimir. Michel Galéa le pied-noir, c'est en quatrième qu'il visait un max Madame Devisme, la séduisante professeure d'Anglais d'origine Vietnamienne.

En troisième, Mademoiselle Talbot, la prof qui n'avait ouvert qu'une seule fois la bouche dans la langue des Beatles : *blackboard* aussi bien prononcé que Jacques Baudouin, nous avait fait découvrir Francis Drake. *Come on Yves ! We have time to finish to read L'Equipe...and pick the cherries of the garden of Miss Talbot.*

Ne cherchez pas à localiser dans la rue de la Buffa l'Agence Christian Gave Immobilier. Numéro 1 en rapport. Elle n'a jamais existé.

La mienne, après une cessation d'activités dans les règles, il faut encore payer quand d'autres déposent le bilan en laissant des ardoises, et deviennent députés, a changé de nom. Je lui souhaite bonne chance.

Mon rêve de devenir rentier a enfin pris jour. Je perçois tous les mois une pension. Je peux voyager, lire, écrire et remonter sur les planches. Annie Bianca Montoya, la grande prof de théâtre de l'Espace Magnan, me façonne un rôle sur mesure.

© 2019, Hajos, Yves
Edition : Books on Demand,
12/14 rond-Point des Champs-Elysées, 75008 Paris
Impression : BoD - Books on Demand, Norderstedt, Allemagne
ISBN : 9782322172023
Dépôt légal : mai 2019